CW01623534

Les Cinq contre le Masque Noir

Une nouvelle aventure des personnages créés par
Enid Blyton racontée par Claude Voilier.

Illustrations : Frédéric Rébéna.

© Hachette Livre, 1974, 1993, 2012 pour la présente édition.

Le texte de la présente édition a été revu par l'éditeur.

Tous droits de traduction, de reproduction
et d'adaptation réservés pour tous pays.
Hachette Livre, 43, quai de Grenelle, 75015 Paris.

Les Cinq contre le Masque Noir

Une nouvelle aventure des personnages créés par Enid Blyton racontée par Claude Voilier.

Illustrations
Frédéric Rébéna

hachette
JEUNESSE

Claude

11 ans.
Leur cousine. Avec son fidèle chien Dagobert, elle est de toutes les aventures.
En vrai garçon manqué, elle est imbattable dans tous les sports et elle ne pleure jamais… ou presque !

François

12 ans
L'aîné des enfants, le plus raisonnable aussi.
Grâce à son redoutable sens de l'orientation, il peut explorer n'importe quel souterrain sans jamais se perdre !

Mick

11 ans comme Claude.
C'est un casse-cou (un gourmand aussi !) qui n'hésite jamais avant de se lancer dans les plus périlleuses aventures...

Annie

10 ans
La plus jeune, un peu gaffeuse, un peu froussarde !
Mais elle finit toujours par participer aux enquêtes, même quand il faut affronter de dangereux malfaiteurs...

Dagobert

Sans lui, le Club des Cinq ne serait rien !
C'est un compagnon hors pair, qui peut monter la garde et effrayer les bandits.
Mais surtout c'est le plus attachant des chiens...

chapitre 1

Changement de programme

— Allons ! Devinez où nous passerons nos vacances cet été... ?

Claude Dorsel, une fille de onze ans, qui ressemble beaucoup à un garçon avec ses cheveux courts et son jean, considère ses cousins d'un air malicieux. À côté d'elle, son inséparable chien Dagobert fixe ses yeux sur les trois jeunes Gauthier comme s'il attendait, lui aussi, leur réponse.

François, Mick et Annie échangent des regards intrigués. Ils viennent d'arriver à Kernach, chez les parents de Claude, où ils s'apprêtent à rester tout l'été, comme d'habitude. Et voilà qu'on leur annonce un changement de programme !

— Oncle Henri et tante Cécile veulent se débarrasser de nous ? demande Mick sur un ton de plaisanterie.

Il est aussi brun et vif que sa cousine. Du même âge qu'elle, il lui ressemble un peu.

Claude se met à rire.

— Non ! Mes parents viendront avec nous !

François, un jeune athlète blond, très grand pour ses douze ans, hoche la tête.

— Je n'aime pas jouer aux devinettes, dit-il. Je ne vois pas du tout où nous pourrions aller en dehors de Kernach.

— Moi non plus, renchérit Annie, la benjamine de la bande avec ses « presque dix ans ». Je donne ma langue au chat !

— Ouah ! fait Dagobert à qui ce mot de « chat » met des idées en tête.

Annie a un gentil sourire. Rejetant ses longs cheveux blonds en arrière, elle reprend :

— Du moment que nous serons tous ensemble, peu importe que nous allions au bord de la mer, à la montagne, à la campagne ou à la ville !

Les yeux de Claude se mettent à pétiller.

— Tu n'y es pas du tout !

Ses trois cousins ouvrent de grands yeux.

— Mais où, alors ? s'enquiert François. Dans la lune ? Sous terre ?

— Non ! Sur l'eau...

— Une partie de pêche ! s'écrie Mick.

— Mieux que cela ! Une croisière en Méditerranée. Qu'est-ce que vous en dites ?

Les trois Gauthier, un moment interloqués, laissent éclater leur joie.

— Chouette, alors ! On va naviguer ! Hourra ! s'écrie Mick avec enthousiasme. Mais où irons-nous au juste ?

Claude s'empresse de fournir des explications.

— Il s'agit d'une croisière-surprise, dont les escales seront annoncées aux passagers au fur et à mesure. Nous voyagerons à bord de l'*Aquilon*, un paquebot parfaitement équipé. C'est maman qui a eu cette idée, vous savez !

François laisse percer son étonnement.

— Oncle Henri n'a pas protesté ? Il consent à s'arracher à ses chers travaux ? Un savant comme lui... qui ne pense qu'à ses bouquins et à ses calculs scientifiques !

— Justement ! coupe Claude. Il travaille beaucoup trop. Pour une fois, maman a fait preuve d'autorité. Elle désire l'entraîner loin de ses absorbantes recherches. En mer, il n'aura pas de tentations...

L'espiègle Claude s'interrompt pour éclater de rire.

— Mais je vais vous confier quelque chose : je crois que maman se fait des illusions à ce sujet. Si papa a accepté de participer à cette croisière, ce n'est pas sans raison : le professeur Lagarde sera de la partie !

Le professeur Lagarde est, comme M. Dorsel, un savant réputé. Son fils, Pierre-Louis, dit Pilou, compte parmi les meilleurs amis des enfants.

— Pilou accompagnera son père ? interroge Annie.

— Bien sûr ! Et il y a mieux encore ! À bord de l'*Aquilon* les animaux sont admis. Dagobert sera des nôtres. Et Pilou pourra emmener son petit singe Berlingot !

— Ça, c'est une bonne nouvelle ! dit François.

— Je suis certain, déclare Mick, que sans Dago tu aurais renoncé à la croisière, Claude...

— Bien sûr ! s'exclame Claude. Mon chien et moi, nous ne faisons qu'un !

— Et nous, sans toi et Dag, nous ne serions plus le Club des Cinq ! réplique Mick en riant.

C'est vrai ! Les quatre cousins, s'adjoignant Dagobert, se sont baptisés ainsi ! Le Club des Cinq adore résoudre des mystères... et il a déjà plus d'un succès à son actif !

— J'espère, continue Mick, que cette croisière nous offrira l'occasion d'éclaircir une séduisante énigme ou de débrouiller les fils d'un difficile problème policier !

— Et pourquoi pas ? lance Claude avec entrain. En tout cas, nous n'allons pas nous ennuyer, c'est sûr !

Les trois Gauthier se réjouissent à l'idée des bonnes parties en perspective... Ils viennent tout juste d'arriver chez les parents de Claude et ne s'attendaient guère à la bonne nouvelle que leur cousine leur communique.

— Nous partons après-demain pour Marseille, explique Claude. Dès demain, il faudra trier les affaires d'été que nous emporterons à bord. Maman nous y aidera. En attendant... si nous allions faire une petite visite à Pilou ? Il doit être aussi content que nous, j'imagine !

Dix minutes plus tard, les enfants filent à vélo sur la route de Saint-Flavien, suivis de Dag tout heureux de se dégourdir les pattes. Le professeur Lagarde et son fils habitent *Grand Large*, à quelques kilomètres de Kernach, tout près du cap des Tempêtes, où les Cinq ont récemment vécu une palpitante aventure[1].

Pilou accueille ses amis avec des cris de joie. Berlingot, son amusant petit singe, saute au cou de Dag puis bondit sur son dos. Les deux animaux s'entendent fort bien.

— Vous parlez d'une veine ! s'écrie Pilou. Nous ferons cette croisière tous ensemble ! Ce que nous allons nous amuser !

Durant un bon moment, les enfants restent dans le jardin de la villa, à faire mille projets. M. Lagarde travaille dans son bureau : il n'est pas question de le déranger, même pour le saluer.

Puis Jeanne, la cuisinière des Lagarde, sort de la maison.

1. Voir *Les Cinq au cap des Tempêtes* dans la même collection.

— Venez vite ! dit-elle aux enfants avec un chaleureux sourire. Je vous ai préparé un bon goûter...

Petite, grassouillette, dynamique, elle sert pratiquement de mère à Pilou qui a perdu la sienne très jeune. Ayant vu arriver les Cinq par la fenêtre de sa cuisine, elle s'est immédiatement ingéniée à leur être agréable : elle les sait gourmands et a confectionné un gros gâteau à leur intention.

Les enfants la remercient d'un mot gentil et s'attablent joyeusement. Bientôt, tout en se régalant, ils bavardent à bâtons rompus. Après avoir parlé de leurs succès scolaires, ils abordent un sujet d'actualité :

— Avez-vous écouté la radio à midi ? demande soudain Pilou à ses camarades. Le Masque Noir fait encore parler de lui !

— Le Masque Noir ? répète Annie, surprise. Qu'est-ce que c'est ? Je n'en ai jamais entendu parler, moi !

— Oh ! répond François en haussant les épaules, il s'agit d'un malfaiteur international qui opère en solitaire. Je suppose que la police ne tardera pas à le coincer.

François est un garçon calme, pondéré. Il ne s'emballe jamais, contrairement à Claude qui s'écrie avec passion :

— Je ne suis pas de ton avis. Je pense, moi, que le Masque Noir est trop intelligent pour être pincé de sitôt ! Il semble malin comme trente-six singes... Non, non, Berlingot ! Inutile de me tirer par la manche, je ne parle pas de toi !... et comme il n'a pas de complices, il a toutes les chances de ne pas être trahi. Opérant seul, il protège son anonymat.

— Son quoi ? demande Annie.

— Son identité, si tu préfères.

— On ne sait donc pas qui il est ? questionne Annie naïvement.

— Bien sûr que non, nigaude ! réplique Mick. Autrement, il y a longtemps qu'il serait sous les verrous !

— À condition qu'on ait des preuves contre lui ! précise Claude en ricanant. Voyez-vous, il faudrait une équipe comme la nôtre pour en venir à bout : de jeunes détectives dont il ne se méfierait pas, courageux, dynamiques, intelligents...

— Et modestes ! ajoute Pilou, goguenard. En tout cas, ma vieille, si la chasse au Masque Noir te tente, renonce à la croisière ! Ce n'est pas à bord de l'*Aquilon* que tu le rencontreras ! Ce monsieur est bien trop occupé pour prendre des vacances !

On parle encore un moment des exploits du fameux et mystérieux voleur.

— Il ne s'attaque jamais qu'à de très grosses proies, explique Mick à Annie. Il vole les bijoux des femmes très riches. Ce matin, à ce que raconte la radio, il a forcé la chambre forte d'une banque de Buenos Aires. C'est une prouesse peu banale. Je me demande comment il a pu s'y prendre !

— Nous lirons les détails dans le journal du soir, dit Pilou. Savez-vous que ce joli monsieur n'est pas seulement un escroc, un voleur, mais aussi un espion ?

— Un espion ? répète Claude, étonnée.

— Mais oui. Mon père affirme qu'il lui est arrivé de dérober des documents secrets à des savants et à des diplomates de différentes nationalités pour les vendre ensuite au gouvernement le plus offrant.

— Comment se fait-il que je n'en aie jamais entendu parler ? s'écrie Annie.

— C'est que tu es souvent dans la lune ! répond Mick, taquin. Et le Masque Noir, jusqu'ici, n'a pas songé à opérer sur notre satellite.

Annie frissonne en évoquant les méfaits du redoutable cambrioleur international qui se double d'un espion plus redoutable encore.

La petite fille déteste d'instinct la violence, la trahison, la malhonnêteté. Cependant, ses dons d'observation ont souvent aidé sa cousine et ses frères à démêler des situations épineuses et embrouillées. Son très jeune âge et sa douceur naturelle lui sont également de précieux auxiliaires au cours des enquêtes menées par les Cinq : Annie désarme les gens !

Pilou consulte sa montre.

— Cinq heures ! annonce-t-il. Regardons les informations ! On parlera peut-être du Masque Noir...

Il entraîne ses amis au salon et allume la télévision. Effectivement, un journaliste commente le dernier exploit du malfaiteur :

— Une fois de plus, on a trouvé, dans chacun des coffres forcés par le Masque Noir, une carte de visite gravée d'un petit loup noir. Cette façon ironique de signer ses exploits achève généralement de démoraliser ses victimes. Le directeur de la banque argentine, M. da Silva, désespéré par le cambriolage et s'estimant déshonoré, a tenté de mettre fin à ses jours. On a réussi, non sans peine, à le persuader de renoncer à son geste.

Claude laisse éclater son indignation :

— Ce Masque Noir est pire qu'un simple voleur. Il est aussi malfaisant qu'un assassin véritable !

— C'est aussi mon avis, dit François.

— Dire que ce gredin court toujours ! grommelle Mick. Hier, il était à Monaco où il a volé la caisse du casino, aujourd'hui à Buenos Aires. Où sera-t-il demain ?

— Bah ! fait Pilou. Ne pensons plus à lui. Parlons plutôt du beau voyage qui nous attend !

chapitre 2

Une plaisanterie de mauvais goût

Le lendemain, les *Mouettes* – villa des parents de Claude – connaissent une joyeuse animation. Tout le monde se prépare au départ. Celui-ci a lieu le jour suivant. On débarque à Marseille à la fin de l'après-midi.

Les organisateurs de la croisière-surprise à bord de l'*Aquilon* ont retenu, dans un hôtel de luxe, des chambres pour tous les participants. En effet, il est convenu que les voyageurs passeront cette nuit-là à terre et embarqueront seulement au cours de la matinée du lendemain...

Les Lagarde et les Dorsel-Gauthier ont voyagé dans le même avion. Après avoir fait

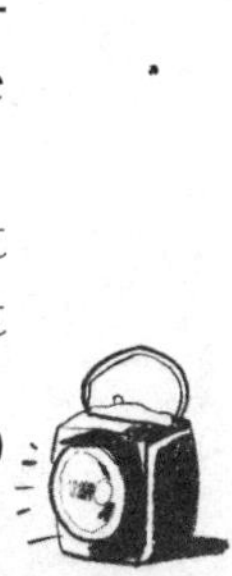

un brin de toilette, Claude, François, Mick, Annie et Pilou descendent au salon en attendant l'heure du dîner.

Le pauvre Berlingot, peu habitué à se déplacer par air, gémit et se plaint, l'estomac barbouillé. Les bras passés autour du cou de Dagobert, il semble lui demander aide et protection. Le brave chien lui donne de temps en temps un coup de langue affectueux, comme pour le réconforter. La scène est à la fois drôle et touchante.

Les deux animaux ne tardent pas à devenir un centre d'intérêt pour les clients de l'hôtel qui attendent eux aussi le moment de passer à table.

— Commé ils sont comiqués ! s'écrie un homme brun, à lunettes, doté d'un fort accent étranger. Jé n'ai jamais vu rien dé plous... comment dités-vous ?... ah oui... dé plous rigolo !

Pilou se met à rire. L'étranger lui sourit et caresse Dag puis Berlingot. À son annulaire, une chevalière ornée d'un énorme rubis jette mille feux.

Une voix aigre s'élève soudain :

— On ne devrait pas tolérer ces animaux ici ! Ils ont certainement des puces !

Claude jette un coup d'œil furieux à la personne qui vient d'injurier si gravement son bien-aimé Dagobert. C'est une vieille femme, aussi sèche d'aspect que de parole, dont le nez crochu et le menton en galoche évoquent irrésistiblement la physionomie classique d'une sorcière.

— Mon chien n'a pas de puces ! déclare Claude tout haut.

— Mon singe non plus ! assure Pilou, indigné.

Un gros homme à la mine rubiconde éclate de rire.

— Ne faites pas attention aux réflexions de cette dame, murmure-t-il en désignant discrètement la « sorcière ». Depuis une heure que je suis assis dans le fauteuil voisin du sien, je l'ai entendue grogner sans arrêt contre tout et contre rien. De plus, elle critique tout le monde.

Mais Claude, très soupe au lait, ne décolère pas.

— Méchante femme ! siffle-t-elle entre ses dents serrées.

L'autre l'entend et lui décoche un regard venimeux.

Une mince Asiatique, au visage énigmatique, a assisté à la scène sans rien dire.

Elle sourit d'un air dont on ne sait s'il est moqueur ou plein de sympathie.

— Allons ! dit brusquement un monsieur distingué, aux longues mains blanches, en se levant de son siège. Je crois que voici le premier service...

On le devine soucieux de détendre l'atmosphère. Il traverse la pièce d'une allure nonchalante et, suivi des autres clients de l'hôtel, passe dans la salle à manger. Les Cinq, Pilou et Berlingot, se retrouvent seuls.

— Eh bien ! lance Claude en tapant du pied. Si cette vieille sorcière doit voyager avec nous sur l'*Aquilon*, je préfère rester à terre avec Dagobert !

— Dans ce cas, mon jeune ami, réagit une voix derrière elle, autant renoncer tout de suite à la croisière !

Claude tressaille et tourne la tête. Un homme d'une trentaine d'années se lève du fauteuil dont le dossier, jusqu'alors, l'a dissimulé aux regards des enfants.

— Que voulez-vous dire ? demande Claude, surprise.

L'inconnu sourit et, la prenant pour un garçon, déclare :

— Je vais t'expliquer, jeune homme ! Je connais un peu la plupart des gens qui viennent de défiler devant vous. L'étranger au rubis n'est autre que Pedro Ruiz, un riche planteur de café brésilien, presque mondialement connu... La vieille dame grincheuse s'appelle Héloïse Glaïeul et, en dépit de son aimable nom de fleur, elle a conduit déjà trois époux au tombeau...

Les enfants se mettent à rire.

— Elle possède une fortune immense et se croit, de ce fait, autorisée à donner son opinion sur tout !

— Mon chien lui aurait fait passer cette mauvaise habitude à coups de dents dans les mollets si je le lui avais ordonné ! déclare Claude avec assurance.

— Il en aura encore l'occasion car, ainsi que tu l'as deviné, Mme Glaïeul voyagera avec nous !

— Vous participez aussi à la croisière ? s'enquiert François.

— Oui. Je m'appelle Max Normand... Mais laissez-moi vous citer encore quelques-uns de vos futurs compagnons de voyage. Le gros homme jovial est un diamantaire hollandais : M. Hagg. Le personnage distingué aux mains fines est le grand pianiste français Fortuné Barge. Et la Chinoise aux allures mystérieuses s'appelle Mlle Ping.

François se nomme alors et présente ses compagnons. Max Normand leur serre la main à tous, puis sourit à Claude.

— Excuse-moi de t'avoir prise pour un garçon !

Mais la chose n'est pas pour déplaire à Claude.

Ce soir-là, dans la salle à manger, les Cinq et Pilou profitent du repas pour étudier du coin de l'œil leurs futurs compagnons de voyage... tout au moins ceux que Max Normand leur a signalés comme tels. Le jeune homme, installé à une table proche de celle de ses jeunes amis, leur adresse de temps en temps un clin d'œil plein de malice.

— Il est sympa, vous ne trouvez pas ? murmure Mick.

— Plus qu'Héloïse Glaïeul, en tout cas, grommelle Claude en caressant Dago sous la table.

— Bah ! dit François, philosophe. Une croisière, c'est un peu comme la vie ! On y rencontre toute sorte de gens : des bien, des moins bien et aussi...

— Des franchement moches ! achève fort peu élégamment Claude qui n'oublie pas l'affront fait à son favori.

— Défense de parler argot ! Avis à toi et à Mick ! dit François. Si oncle Henri vous y pince...

— Hou ! « Vous y pince », c'est de l'argot ! remarque Pilou en riant. Ne t'en fais pas, mon vieux, les ancêtres ne peuvent pas nous entendre !

Et, d'un doigt irrévérencieux, il désigne les parents de Claude et le professeur Lagarde, attablés un peu plus loin et plongés dans une passionnante discussion.

— Heureusement que leur table était trop petite pour nous rassembler tous ! « Pour vivre heureux, vivons séparés », c'est ma devise !

— Pilou ! reproche doucement Annie. Tu exagères ! Ton père, oncle Henri et tante Cécile sont très gentils. Ils nous laissent toujours beaucoup de liberté.

— C'est même ce qui fait leur charme ! réplique Pilou avec une joyeuse grimace. Buvons à leur santé !

Et il vide son verre d'eau d'un trait.

Le lendemain, tout le monde est debout de bonne heure. Chacun est impatient d'embarquer à bord de l'*Aquilon*. Plusieurs cars, mis à la disposition des passagers, conduisent

ceux-ci au quai d'embarquement. À la vue du paquebot tout blanc qui va leur servir de demeure flottante pendant plusieurs semaines, Claude pousse une exclamation ravie :

— Épatant ! Admirez un peu ce profil ! L'*Aquilon* ressemble à une grande mouette posée sur l'eau et prête à s'envoler.

Claude est une fanatique de la mer. Mick regarde sa cousine d'un air ironique.

— En plus de tes qualités bien connues de courage, de générosité, d'intelligence et de franchise, voilà que tu es aussi poète, ma petite Claudinette !

Claude, qui déteste être une fille et a horreur de ce diminutif trop féminin à son goût, tire la langue au taquin. Puis, gaiement, elle s'écrie avec son dynamisme coutumier :

— Embarquons vite ! Montons à l'assaut de notre nouveau domaine !

Dans un joyeux brouhaha, les passagers prennent possession de leurs cabines où les stewards déposent les bagages. Puis, ils remontent sur le pont pour assister au départ.

Lentement, le joli bateau blanc s'écarte du quai. Le soleil brille gaiement dans le ciel.

La mer est d'un bleu limpide. La croisière commence sous les plus favorables auspices.

Appuyés à la lisse, François, Mick, Annie, Claude et Pilou regardent les flots ourler d'écume le flanc du paquebot. Celui-ci avance sans à-coups, doucement, comme pour permettre à ceux qu'il transporte de savourer la griserie de sa course...

— C'est merveilleux ! murmure Annie. On a l'impression de respirer deux fois plus.

— Allons passer nos maillots de bain, propose Claude. Il y a une piscine à bord. Nous nagerons et nous pourrons bronzer au soleil !

Les enfants s'apprêtent à descendre dans leur cabine quand des exclamations, derrière eux, les font se retourner...

Quelques passagers viennent de s'installer sur des chaises de pont pour lire tranquillement le journal acheté juste avant de monter à bord. C'est précisément ce journal qui provoque des remous inattendus.

— Avez-vous vu cet article ? s'écrie un vieux monsieur. On devrait interdire d'alarmer ainsi le public. Il ne peut s'agir que d'une plaisanterie !

— Quelqu'un cherche à saboter cette croisière ! suggère une jeune femme.

— Je ne suis pas de cet avis ! glapit une vieille demoiselle. Je prends cela très au sérieux. Nous pouvons tous être assassinés d'un instant à l'autre. C'est affreux... terrible... épouvantable...

— Calmez-vous, mademoiselle, coupe une femme qui achève de lire le fameux article. Le Masque Noir est un malfaiteur notoire, c'est entendu, mais ce n'est pas un meurtrier. Même s'il se trouve à bord de l'*Aquilon*, il ne tuera personne...

Les enfants se regardent, abasourdis.

— Le Masque Noir ! À bord !... répète Claude. Ça, c'est une fameuse aubaine ! Si nous arrivions à le démasquer, la réputation du Club des Cinq s'étendrait fort loin !

— Toujours modeste comme la violette ! chantonne Pilou.

— Ce qu'il faudrait, dit Mick vivement, c'est savoir ce que contient au juste cet article qui semble bouleverser les gens... J'aimerais...

Il n'a pas achevé sa phrase que Dago, éperonné par Berlingot juché sur son échine, file droit vers une chaise longue sur laquelle quelqu'un a abandonné un journal.

Le malicieux petit singe s'empare des feuilles imprimées et, triomphant, vient les offrir à Pilou, comme un trophée de guerre. Pilou en est estomaqué.

— Ça alors ! s'écrie-t-il. Ces animaux sont plus intelligents que bien des humains. Je crois qu'ils comprennent ce que nous disons !

— Donne vite ! intime Claude, impérieuse.

Et, arrachant presque le journal des mains de Pilou, elle l'ouvre d'un geste impatient.

— Écoutez ça ! s'exclame-t-elle. Sous le titre « Le Masque Noir en croisière ? », voici ce que dit le journal : « Ce matin, les rédactions de tous les quotidiens de Paris et de Marseille ont reçu, au premier courrier, un petit bristol signé du Masque Noir et orné du loup bien connu. »

chapitre 3

Prestidigitation

Les quatre autres se rapprochent de la lectrice, écoutant la suite de toutes leurs oreilles. Claude continue :

— La carte de visite du célèbre malfaiteur international porte ces mots inquiétants : « Le Masque Noir vous salue bien et vous informe qu'il s'apprête à prendre trois semaines de vacances à bord de l'*Aquilon*... »

— Mais c'est un véritable défi au public ! s'écrie François, sidéré. Si cette note a bien été rédigée par le Masque Noir, il faut que cet homme soit fou ! Il donne à la police l'occasion de lui mettre enfin la main au collet !

— Il s'agit certainement d'une farce ! estime Pilou.

— Si c'était vrai, pourtant ? risque Annie.

Derrière leur dos, la voix indignée de quelques passagers s'élève :

— Comment a-t-on permis que cette croisière ait lieu avec pareille menace suspendue au-dessus de nos têtes ?

— C'est insensé !

— Il faut réclamer des explications au commandant ! crie encore quelqu'un.

Avant que personne ait le temps de bouger, un haut-parleur lance une invitation au silence. C'est précisément le commandant, Yves Perrec, qui a une déclaration à faire... Devant le trouble de ses passagers, il tient à les rassurer : l'*Aquilon*, annonce-t-il, n'a pris la mer qu'après une enquête policière rapide mais serrée. Le Masque Noir ne se trouve pas à bord ! Tous les passagers sont honorablement connus et le personnel insoupçonnable. L'information publiée trop hâtivement par les journaux a été passée sous silence à la radio, à la demande des autorités soucieuses de ne pas alarmer le public. Il s'agit sans aucun doute d'une simple plaisanterie, encore que de très mauvais goût !

— De toute manière, conclut le commandant d'une voix enjouée, dites-vous bien que, même si le Masque Noir se trouvait miraculeusement parmi nous, le seul fait qu'il ait annoncé sa présence suffirait à l'empêcher d'agir. Il ne pourra commettre aucun méfait, sous peine de se voir rapidement cerné et pris. N'oubliez pas qu'un bateau est une très petite île flottante, au nombre d'habitants réduit... Et maintenant, l'équipage et moi, nous vous souhaitons bonne route !

La voix du commandant fait place à de la musique douce. Claude a l'air tellement déçu que Mick éclate de rire.

— Il faut te résigner, ma vieille. Les Cinq devront se faire une raison. Pas de Masque Noir à bord pour nous distraire ! Quelle épouvantable catastrophe !

François, Annie et Pilou se mettent à rire eux aussi. Dag aboie. Berlingot pousse de petits cris joyeux. Claude finit par se dérider. On oublie le Masque Noir.

Le reste de cette première journée en mer se passe le plus agréablement du monde. Profitant du temps magnifique, les enfants goûtent à tous les plaisirs de plein air : piscine, bain de soleil, jeux de pont... Ils parcourent aussi le bateau en tous sens, explorant les parties accessibles au public et allant de découverte en découverte.

Bientôt, pont-promenade et coursives n'ont plus de secret pour eux. Il n'y a, pour cette croisière, qu'une classe unique à bord, ce qui facilite la visite.

Après le repas du soir, qui réunit dans la salle à manger une foule joyeuse, mise en appétit par l'air du large, les Cinq, Pilou et Berlingot montent sur le pont.

— Je suis un peu étourdie par tout ce que nous avons vu, avoue Annie en bâillant. Je crois que je dormirai bien cette nuit !

— Tu ne vas pas te fourrer au lit d'aussi bonne heure ! proteste Mick. Nous avons la permission de veiller un peu. Si nous allions voir le film qui passe au cinéma du bord ?

— Allons plutôt applaudir le prestidigitateur, suggère Pilou. Il paraît qu'il y a une séance très intéressante ce soir.

— Oh, oui ! s'écrie Annie, enthousiaste. J'adore ça !

— Peuh ! fait Claude, dédaigneuse. Une séance de prestidigitation, c'est bon pour des mômes qui n'ont jamais rien vu !

— Tout de même, allons-y ! insiste Pilou. Cela terminera agréablement la journée !

Le jeune garçon entraîne ses camarades vers la salle à manger que des stewards diligents viennent de transformer en salle de spectacle.

— Comment s'appelle le prestidigitateur ? demande François.

— Je n'en sais rien, répond le jeune Lagarde. J'ai seulement entendu le commissaire du bord annoncer la représentation à quelqu'un en expliquant qu'il s'agissait d'un illusionniste peu connu mais excellent.

Les enfants ont la chance de trouver des places dans les tout premiers rangs. Dag se couche sagement aux pieds de Claude. Berlingot sommeille, niché contre l'épaule de Pilou.

Soudain, sur l'estrade hâtivement dressée face au jeune public, un homme élégant s'élance, souriant. Il porte un habit de soirée et un chapeau haut de forme. La baguette traditionnelle des magiciens luit entre ses doigts.

— Ça, par exemple ! s'exclame Claude, soudain intéressée. Mais c'est notre ami Max Normand !

— J'avais remarqué, souligne François, qu'il ne nous avait pas confié ce qu'il faisait

dans la vie. Prestidigitateur ! C'est une amusante profession ! Ah !... Il nous a vus !

En effet, Max Normand vient d'apercevoir ses jeunes amis et leur adresse un petit signe.

Après quoi, il se lance dans un boniment plein de drôlerie. Presque immédiatement, il commence ses tours. Annie, bouche bée, le voit jongler avec des boules blanches qui s'évanouissent les unes après les autres dans les airs, transformer un canari en petit lapin, avaler un chapelet de saucisses qu'il retrouve dans son chapeau haut de forme, bref, exécuter les tours les plus classiques...

À la suite d'un court entracte, Max Normand présente d'autres numéros, de son invention personnelle ceux-là... Entre autres, sous les yeux émerveillés de l'assistance, il change un fin jet d'eau en feu de Bengale. Puis, à l'aide de diverses pièces, il monte une petite automobile aux roues carrées... qui roule parfaitement bien. Pour couronner le tout, et grâce, sans doute, à un jeu de miroirs, il « décapite » une personne de bonne volonté qui consent à monter sur la scène... Mick en l'occurrence !

Pour finir, on voit la tête de Mick, toute seule et comme suspendue dans l'espace, continuer à converser avec le prestidigitateur. Et, pendant tout ce temps, Mick ne s'aperçoit de rien.

Après ce remarquable numéro, les applaudissements éclatent de toute part.

— Bravo ! crie Claude, déchaînée. Bravo !

— Mes tours de magie vous ont plu ? lance Max.

— Énormément ! Merci ! répond Berlingot, réveillé en sursaut par le bruit.

Avant que Pilou soit revenu de sa surprise, Dagobert s'écrie d'un ton stupéfait :

— Ça, alors ! C'est la première fois que j'entends un singe parler, foi de chien !

Claude, interloquée l'espace d'une seconde, éclate d'un rire bruyant. Elle vient de comprendre que ce ne sont pas les animaux qui ont parlé : Max Normand est non seulement prestidigitateur mais, à l'occasion, ventriloque !

La séance s'achève sous un tonnerre d'applaudissements. Les Cinq et Pilou ne regagnent leurs cabines qu'après avoir chaudement félicité Max. Ils sont très fiers de l'avoir pour ami.

Claude partage sa cabine avec Annie... et Dagobert, bien entendu ! Les trois

garçons, eux, occupent une cabine voisine, à quatre couchettes celle-là. Ils y sont au large !

Après une nuit où ils ne font qu'un somme, les cinq amis se retrouvent frais et dispos devant la table du petit déjeuner. M. Dorsel et M. Lagarde sont déjà plongés dans une discussion passionnée concernant leurs travaux en cours.

Les enfants sont libres d'occuper leur temps à leur guise. Dans cette croisière-surprise, la règle veut que, chaque matin, le commissaire du bord vienne annoncer les différentes étapes de la journée... En le voyant entrer, les conversations s'arrêtent.

— Aujourd'hui, explique le commissaire Félix Duval en souriant, nous nous contenterons de naviguer en longeant les côtes d'Espagne. Nous apercevrons tour à tour Gérone, Barcelone, Tarragone, Valence. Nous ferons escale pour la nuit dans cette dernière ville. Puis, demain matin, nous mettrons le cap sur les Baléares et visiterons Ibiza.

Il se retire au milieu d'un murmure d'approbations...

— Et voilà ! commente Mick. On nous révélera les étapes du parcours seulement au fur et à mesure.

— Je trouve ces règles fort sympathiques ! déclare Max Normand en rejoignant les enfants. Cela me change de mes tournées trop bien organisées, presque minutées. Ici, au moins, j'ai le temps de flâner.

C'est Max qui, le soir venu, après dîner, offre de faire visiter Valence aux enfants. En effet, Mme Dorsel souffre de migraine et ne se sent pas d'humeur à descendre à terre. De leur côté, les deux savants se penchent depuis le matin sur un problème qui les intéresse vivement et ils ne se soucient pas de « perdre leur temps ».

Tous se montrent enchantés de la proposition de Max. Le jeune prestidigitateur s'est déjà produit en Espagne et connaît le pays. Au moment où il va partir avec les enfants, Mlle Ping, la jolie et mystérieuse Chinoise, demande à les accompagner.

— Il paraît que Valence n'a pas de secrets pour vous, dit-elle gentiment à Max. Je serais heureuse si vous me permettiez de profiter de votre expérience.

Avant que Max ait eu le temps de répondre, un grand gaillard aux cheveux hirsutes, à la bouche souriante, et taillé en hercule, s'avance à son tour et demande sans façons :

— Puis-je vous accompagner moi aussi ? Mon malade s'est retiré pour la nuit et m'a autorisé à me distraire un peu. Tout seul, je risque de m'ennuyer...

Sa bonne figure réjouie fait plaisir à voir. Les enfants savent qui il est. Ils l'ont vu pousser le fauteuil roulant de Jean Bellac, un homme d'affaires parisien qui s'est fracturé la hanche l'hiver précédent, dans un accident de voiture, et ne peut se déplacer encore qu'avec des béquilles. À bord, le blessé préfère circuler dans son fauteuil roulant. L'athlétique Lucien Merlot fait fonction, à ses côtés, tout à la fois d'infirmier et de secrétaire. Les enfants aimeraient mieux sortir seuls avec Max, mais il est impossible d'opposer un refus à Mlle Ping et à Lucien Merlot sous peine de paraître grossiers.

D'ailleurs, Max répond déjà avec un aimable sourire :

— Je vous en prie ! Joignez-vous à nous tous les deux. Mais il est trop tard pour visiter monuments et musées. Nous devrons nous contenter de voir Valence vivre sa vie nocturne... une vie bruyante et agitée, comme celle de toutes les villes d'Espagne !

Effectivement, Max promène ses compagnons à travers la cité illuminée et dont les habitants vivent comme en plein jour. Il semble que tout le monde soit dehors !

— C'est la mode dans ce pays, explique le prestidigitateur. Les gens font la sieste aux heures chaudes et sortent le soir.

Pour finir, il conduit la petite troupe dans une ruelle animée et leur offre des rafraîchissements à la terrasse d'un café.

Les enfants sont très reconnaissants envers Max de cette sortie et le lui disent. Max cligne de l'œil.

— Demain, dit-il, nous visiterons Ibiza, et en plein jour cette fois ! Vous verrez ! C'est une île merveilleuse !

On regagne l'*Aquilon* dans la nuit tiède et parfumée. Les enfants, Mlle Ping et Louis Merlot remercient Max et se retirent dans leurs cabines.

— Que penses-tu de Mlle Ping ? interroge Annie une fois seule avec sa cousine. Moi, je la trouve sympathique.

— On dirait une douce panthère, réplique Claude. Ou encore une chatte faisant patte de velours. On ne sait jamais ce que cache son sourire.

— Et Lucien Merlot ? Il est amusant comme tout. Ça m'a l'air d'un chic type.

— Euh... oui... sans doute... Allez ! Bonne nuit ! Je tombe de sommeil.

Le lendemain matin, Félix Duval, le commissaire du bord, annonce aux passagers que, après la visite d'Ibiza, l'*Aquilon* fera escale en Corse, à l'Île-Rousse.

— Nous y passerons une journée entière, précise-t-il. Ainsi vous aurez le temps de prendre des photos et de vous tremper dans la mer si cela vous tente.

La visite d'Ibiza est absolument merveilleuse. Dans un joyeux brouhaha, tous les passagers, sans exception, descendent à terre. Ceux qui, au début de la croisière, ont réellement craint une intervention du Masque Noir commencent à se rassurer. L'aventurier n'a plus donné de ses nouvelles et ne se manifeste pas davantage.

— Tu vois, dit Mick à Annie. Tu avais bien tort de t'alarmer ! Le Masque Noir n'est pas à bord.

— Je n'en suis pas tellement certaine, répond la petite fille, soudain pensive. La radio n'a signalé aucun nouveau méfait de

sa part ! Ou il se tient tranquille... ou il est parmi nous !

— Et dans ce cas il se tiendra également tranquille, mon enfant, souligne quelqu'un derrière Annie. Rappelle-toi ce que nous a expliqué le commandant. En opérant à bord, le Masque Noir se trahirait. Dans notre cercle restreint, il serait facile de le démasquer !

C'est Fortuné Barge, le pianiste, qui parle ainsi. Annie le remercie d'un gentil sourire. Elle a tendance à trouver tout le monde charmant, et l'artiste, célèbre et distingué, lui plaît tout particulièrement.

— J'espère que vous avez raison, monsieur ! soupire-t-elle avec gratitude.

Les passagers, par petits groupes, se répandent dans l'île dont les terrasses superposées et fleuries dominent la mer bleue et semblent autant de paradis terrestres en miniature.

Tout le monde se déclare enchanté sauf, bien entendu, Héloïse Glaïeul qui se plaint de tout : du soleil, du vent, des cailloux... et même de Dag qui, pourtant, se tient à bonne distance d'elle. Il sent, d'instinct, qu'elle ne l'aime pas !

Sur le chemin du retour, Mlle Ping, qui marche derrière le groupe formé par les

enfants et leurs parents, pousse soudain un léger cri :

— Ma broche ! Je ne l'ai plus ! Elle a une grosse valeur et j'y tiens... sentimentalement. Elle me vient de ma mère !

On cherche aussitôt de tous côtés. Chacun revient sur ses pas. On bat les maigres haies, on examine les moindres touffes d'herbe, on inspecte les cailloux du chemin. En vain !

Mlle Ping est désolée. Claude, ses cousins et Pilou se rappellent parfaitement le bijou qu'elle vient de perdre : il représente un admirable rameau d'or ciselé, finement délié et serti de diamants en forme d'étoile. Une véritable œuvre d'art !

On doit finalement se résigner à revenir bredouille : le joyau a bel et bien disparu. C'est alors qu'Héloïse Glaïeul croit bon de mettre son grain de sel :

— Vous ne l'avez pas perdu ! lance-t-elle à la jeune Chinoise. Croyez-moi. C'est un vol ! Et qui vous a volée ? Le Masque Noir, évidemment ! Ce gredin est capable de tout !

— Mais bien sûr ! renchérit en riant M. Hagg, le gros Hollandais. C'est un coup de ce vilain Masque. Hier soir, j'ai perdu moi-même cent euros au poker. En réalité, ce doit être lui qui me les a volés ! Ha, ha, ha !

Furieuse de voir qu'on se moque d'elle, Héloïse Glaïeul pince les lèvres et ne dit plus un mot. C'est toujours ça de gagné !

En fin d'après-midi, l'*Aquilon* jette l'ancre à l'Île-Rousse.

— Prépare ton appareil photo, François ! dit Mick. Regarde ces jolies couleurs ! Tu vas faire des photos du tonnerre !

Claude, comme tout le monde, admire les îlots qui émergent çà et là. Mais elle semble distraite. Claude est en effet troublée. Elle n'arrive pas à chasser de son esprit une image qui s'impose à elle : le Masque Noir en train de voler la broche de Mlle Ping. Elle se demande en secret si, pour une fois, les récriminations d'Héloïse Glaïeul ne seraient pas fondées...

« Qui sait si ce n'est pas vraiment le Masque Noir qui a volé ce bijou ! » souffle-t-elle.

Claude n'ose pas faire part de ses pensées à ses cousins et à Pilou. Elle craint qu'on ne se moque d'elle. Si souvent on lui reproche d'avoir trop d'imagination !

« Au fond, c'est vrai ! soupire-t-elle intérieurement. Mes soupçons sont certainement ridicules !... Le commandant ne nous a-t-il pas assurés que tous les passagers étaient honorablement connus ? Je commence du reste à connaître moi-même nos compagnons de voyage... Je n'en vois aucun dans le rôle du Masque Noir ! Allons, pensons à autre chose ! »

chapitre 4

Quatre « Masque Noir » !

La journée suivante, à l'Île-Rousse, se déroule sans incident notable. Les enfants passent l'après-midi à se dorer sur la plage... Quand les passagers regagnent l'*Aquilon* pour changer de vêtements en vue du repas du soir, une surprise les y attend.

Le commissaire du bord annonce en effet qu'une fête est prévue pour le soir même.

— Il s'agira d'un bal costumé ! déclare-t-il. Nous demandons à tous, aussi bien aux grandes personnes qu'à la jeunesse, de se déguiser avec les moyens du bord – c'est le cas de le dire – mais en faisant preuve d'imagination. Il y aura des prix !

Claude et ses cousins font des bonds de joie : la perspective de ce bal improvisé les enchante. Tout au long du repas, ils se font mutuellement part des idées qui leur viennent à l'esprit.

— Moi, dit François, je ne me casserai pas la tête. Un drap de lit et je serai transformé en fantôme !

— Moi aussi, j'utiliserai un drap de lit, annonce Mick... mais pour m'en faire une toge romaine. Avec des sandales aux pieds et mes cheveux coiffés en bouclettes, je ressemblerai à Jules César...

— Qui était chauve comme chacun sait ! fait remarquer Claude en éclatant de rire. Moi, je me déguiserai en flibustier.

— Et moi en montreur de singe ! lance Pilou avec un clin d'œil malicieux. Aux cuisines, on me donnera bien un vieux carton avec lequel je me fabriquerai un orgue de Barbarie !

— Moi, je serai la reine Cléopâtre, affirme Annie. Avec ma serviette de bain rayée, je me confectionnerai une coiffure à l'antique. Et j'ai un bracelet qui représente un serpent : il figurera l'aspic qui a donné la mort à la reine d'Égypte !

— Quant à moi, intervient Max assis à côté de ses jeunes amis, j'apparaîtrai en fakir indien. C'est un peu déloyal vis-à-vis des autres… mais j'ai un si beau costume de scène au fond de ma malle-cabine !

Les autres convives font aussi mille amusants projets. Claude jette un regard en coin à Héloïse Glaïeul.

— Elle pourrait se déguiser en fée Carabosse ou en sorcière. Il lui suffirait d'enfourcher un balai ! murmure-t-elle.

À neuf heures du soir, l'orchestre se met à jouer gaiement. Les uns après les autres, les passagers désireux d'assister au bal apparaissent. Mme Dorsel fait une odalisque très valable, grâce à un pyjama vaporeux. Son mari et le père de Pilou, eux, sont restés sur le pont.

Héloïse Glaïeul provoque un sourire général. Elle a voulu faire honneur à son nom et s'est parée de fleurs artificielles, dénichées on ne sait où, et du plus ridicule effet. Pour une fois, elle est souriante.

M. Hagg arrive coiffé d'une calotte rouge et ses grosses joues passées au vermillon. Rond comme il l'est, il figure assez bien un... fromage de Hollande.

Soudain, tout le monde se fige. Un homme en habit de soirée mais le visage dissimulé par un loup noir se tient à l'entrée du salon : le Masque Noir ! Mlle Ping, délicieuse dans un authentique costume chinois, pousse un cri d'effroi. Et puis, l'assistance respire : il ne s'agit que de M. Stone, un Anglais maigre et taciturne qui, dans la journée, porte constamment non pas un loup mais des lunettes noires.

La surprise devient amusement lorsqu'un deuxième Masque Noir fait son apparition. Cette fois, le loup dissimule le visage de Pedro Ruiz, le riche Brésilien. L'amusement fait place au rire quand ce second Masque Noir est suivi d'un troisième : Fortuné Barge. Enfin, l'hilarité gagne tout le monde quand un quatrième Masque se présente en la personne de Lucien Merlot.

— Eh bien, lance M. Stone avec une légère grimace, cela nous apprendra à manquer d'imagination. Moi qui espérais faire sensation en me montrant original...

La soirée est réussie et follement gaie. Claude et ses compagnons s'amusent d'un bout à l'autre. Au moment de la remise des prix, Jean Bellac surgit dans son fauteuil roulant. Il veut avoir un aperçu du bal !

En grande pompe, le commissaire décerne le premier prix à... Mme Héloïse Glaïeul ! La vieille « sorcière » sourit, rayonnante. Sans doute Félix Duval a-t-il voulu l'amadouer ?

— Et maintenant, s'écrie l'aimable commissaire, musique ! La soirée se prolongera jusqu'à minuit !

Mais les musiciens n'ont pas le temps de se remettre à jouer. Brusquement, une grosse femme se précipite vers le commissaire, l'air très ému.

— Commissaire ! Commissaire ! hurle-t-elle. C'est épouvantable ! On m'a volé mon collier de diamants... oui... à mon cou... tandis que je dansais avec mon mari !

Il s'agit de Mme Herrington, une des plus grosses fortunes d'Amérique. Son mari, qui possède des puits de pétrole, ne paraît guère bouleversé.

— Bah ! fait-il froidement. Les bijoux de ma femme sont assurés. L'assurance paiera !

— Mais en attendant, je n'ai plus mon collier... et le voleur est à bord ! s'exclame son épouse.

— Vous avez peut-être seulement égaré ce bijou ! hasarde le commissaire.

— Impossible ! Il possède un double fermoir de sûreté. Il a fallu qu'on le détache. Et celui qui a fait le coup est rudement habile !

Claude jette un cri :

— Regardez ce que je viens de trouver par terre !

Elle tend à Félix Duval un rectangle de carton où est gravé, en haut et à gauche, un petit loup noir.

— La carte de visite du Masque Noir ! s'exclame le commissaire, consterné.

— Il y a deux lignes ajoutées au crayon ! fait remarquer Mick en tendant le cou.

— Oui, confirme François. Je lis : « Le Masque Noir vous salue bien et remercie Mme Herrington de son beau présent ! »

Un silence de mort plane sur l'assemblée.

Héloïse Glaïeul est la première à le rompre.

— Je vous l'avais bien dit ! Le Masque Noir est ici... à bord de l'*Aquilon* ! Ce peut être n'importe lequel d'entre nous !

Claude se retient d'applaudir. L'intrépide chef du Club des Cinq se réjouit à la pensée qu'à ses cousins et à elle-même s'offre, une fois de plus, l'occasion de démêler les fils embrouillés d'un alléchant mystère. Mick la regarde.

— Bravo, ma vieille ! Tu as gagné ! Tu es contente, pas vrai ?

Annie ne dit rien. Elle aide volontiers ses frères et sa cousine dans leurs enquêtes mais, personnellement, elle ne recherche pas l'aventure. Elle est bien trop douce et prudente pour cela !

François a l'air grave. Pilou lui lance un coup de coude.

— Alors, mon vieux, qu'en penses-tu ? demande-t-il à mi-voix. Il me semble que voilà du pain sur la planche pour le Club des Cinq !

— Bien sûr ! réagit Claude. La chance nous fournit une occasion inespérée de pimenter un peu nos vacances.

— Ouah ! fait Dagobert, l'air approbateur.

— Hi, hi ! ajoute Berlingot pour ne pas être en reste.

— Ne vous affolez pas ! intervient calmement Félix Duval. Je vais faire immédiatement mon rapport au commandant. Que personne ne quitte cette pièce avant mon retour !

Tandis qu'il s'éclipse, tous les passagers présents commencent à se jeter les uns aux autres des regards soupçonneux. Chacun

songe que le Masque Noir est là, parmi eux, et peut être son propre voisin.

— L'enquête du commandant et du détective du bord se trouvera facilitée, annonce François, du fait qu'un nombre relativement faible de passagers ont participé à cette soirée !

— Mon père et M. Lagarde ne sont pas ici, fait observer Claude. Eux, du moins, ne seront pas inquiétés.

— Nous sommes nous-mêmes trop jeunes pour être soupçonnés, ajoute Pilou, soulagé.

— Et tante Cécile est une femme ! ajoute Annie.

— Hum ! fait Claude. Avez-vous pensé que le Masque Noir peut fort bien ne pas être un homme ? Après tout, on ignore son identité !

Mick éclate de rire.

— Je parie pour Mlle Ping ! annonce-t-il.

— Moi, jette Claude, je voudrais bien que le coupable soit mon ennemie personnelle : Héloïse Glaïeul ! On l'enfermerait dans la cale et Dag cesserait de trembler sur ses pattes comme il fait chaque fois qu'il la rencontre. Lui, si courageux, est terrorisé par elle.

— Ouah ! approuve Dag avec conviction.

— Cessez donc de débiter des sottises ! intime François. Voici le commissaire qui revient, accompagné du commandant !

Un individu maigre et brun suit Yves Perrec qui le présente aux passagers attentifs.

— M. Veyrac, détective privé engagé par notre compagnie, va mener parmi vous une première et rapide enquête. Vous m'obligeriez en lui facilitant la tâche au maximum. Merci d'avance.

L'un après l'autre, les passagers défilent devant la table où le détective a pris place. Chacun décline son identité et apporte son témoignage : Claude et ses cousins comme les autres. Claude peut seulement indiquer, pour sa part, où elle a trouvé la carte de visite du Masque Noir. Enfin tout le monde est fouillé... Seulement alors, les passagers sont autorisés à regagner leurs cabines. On n'a pas retrouvé le bijou !

La journée du lendemain se déroule au milieu d'une activité fiévreuse. M. Veyrac, le détective du bord, aidé de quelques officiers, procède à une fouille complète des cabines des passagers. Personne ne songe à protester.

— Ils ont raison, déclare gravement M. Stone, l'Anglais. Le fait de ne rien trouver dans nos affaires nous innocentera.

Toutes les perquisitions se révèlent infructueuses. Les quatre cousins et Pilou tiennent conseil au bord de la piscine, désertée ce jour-là par les amateurs de natation.

— Le commandant est très ennuyé, explique François. Le collier de diamants de Mme Herrington demeure introuvable. Le Masque Noir est bel et bien à bord mais on n'arrive pas à l'identifier. C'est dire que la menace de nouveaux vols plane sur nous !

— Il paraît qu'on a fouillé non seulement les cabines mais aussi le bateau tout entier ! dit Annie.

— Oui, réplique Pilou. Il est possible que le Masque Noir ait caché le bijou ailleurs que dans sa cabine... dans un endroit quelconque où il compte le récupérer plus tard.

— Je suppose que tous les bagages seront fouillés quand les passagers quitteront l'*Aquilon,* à la fin de la croisière ?

— Évidemment, Annie ! répond Claude. Mais on ne peut pas empêcher les gens de descendre à terre aux escales. On ne peut pas davantage les fouiller à chaque fois. Le Masque Noir en profitera peut-être pour expédier le collier d'une poste quelconque... à sa propre adresse...

— Eh bien ! s'écrie Mick, nous n'aurons qu'à surveiller tout le monde ! Ceux qui feront mine de se diriger vers un bureau de poste seront suspects. Nous arriverons peut-être ainsi à démasquer notre voleur !

Peu convaincue, sa cousine soupire.

chapitre 5

Disparition et agression

— Nous ne sommes que quatre détectives, cinq en comptant Pilou, explique Claude. Les passagers suspects sont plus nombreux que nous. Il nous sera impossible de les prendre tous en filature !

— Oncle Henri, tante Cécile et M. Lagarde pourraient peut-être nous aider ? suggère Annie.

Pilou, qui balance ses jambes, assis sur le rebord de la piscine, sursaute si fort qu'il manque de tomber à l'eau.

— Tu veux rire ! s'écrie-t-il. Tu imagines mon père et M. Dorsel s'arrachant à leurs interminables discussions ? Nos chers savants

sont en dehors du coup, ma petite ! Ils restent parfaitement indifférents à ce qui se passe autour d'eux. Ils ne s'intéressent qu'à leurs travaux. Je parie qu'ils ignorent jusqu'au vol du collier. Je me demande même s'ils se rappellent qu'ils sont en croisière...

Claude se met à rire.

— Tu exagères mais tu n'as pas tout à fait tort, Pilou. De toute façon, mes parents ne nous approuveraient pas de nous lancer dans une nouvelle aventure qui peut devenir dangereuse.

— Dangereuse ? Que veux-tu dire ? demande Annie en ouvrant de grands yeux.

— Imagine un peu les réactions du Masque Noir si nous parvenons à lui arracher son masque !

Annie frissonne.

— C'est vrai ! soupire-t-elle. Nous risquons gros !

Toutefois, cela n'est pas pour arrêter l'intrépide Claude. Surexcitée au plus haut point de savoir le Masque Noir à bord, elle compte bien tenter l'impossible pour l'identifier d'abord et le faire arrêter ensuite. Mais l'entreprise est périlleuse. Il faut agir avec prudence et doigté.

Les Cinq, Pilou et Berlingot forment une équipe bizarre mais solide. Claude espère beaucoup de leur coopération à tous. Comme ils ne sont que des enfants, flanqués d'un brave chien et d'un innocent petit singe, le Masque Noir ne se méfiera nullement d'eux. Il ne les soupçonnera certainement pas de mener une enquête en marge de celle des autorités. Aussi ont-ils peut-être plus de chances de réussir que M. Veyrac...

L'*Aquilon* reste une journée supplémentaire à l'Île-Rousse, pour que le détective ait le temps de prendre contact avec la police et que Mme Herrington puisse porter plainte. Après quoi le bateau lève l'ancre pour longer la côte occidentale de la Corse, en direction du sud.

Le temps continue à être splendide. À bord, cependant, l'atmosphère se détend peu à peu. Une nouvelle perquisition, effectuée à l'Île-Rousse par la police officielle, n'a rien donné. Et pourtant, c'est avec le plus grand soin qu'ont été fouillés cabines, bagages et passagers !

Le premier émoi passé, les passagers, qui se sont embarqués pour se distraire, se reprennent. Ils n'entendent pas se laisser démoraliser par la mystérieuse présence du

Masque Noir. Après tout, rien ne prouve que le malfaiteur frappera de nouveau.

Félix Duval fait l'impossible pour multiplier les distractions. On pique-nique dans l'admirable golfe de Girolata. On prend des photos de Porto et de sa minuscule plage de sable blanc. Un peu plus tard, on fait escale à Piana dont les pittoresques calanques méritent d'être visitées.

Par petits groupes, les passagers participant à l'excursion s'engagent sur la route, bordée de falaises rouges.

— Inutile de surveiller personne ! souffle Mick à sa cousine. Il n'y a pas de bureau de poste dans le voisinage.

— Tout de même, répond Claude sur le même ton, gardons l'œil ouvert. Sait-on jamais !...

Bientôt cependant, les cinq enfants sont pris par la beauté du spectacle. Dag lui-même semble impressionné par la vue grandiose que l'on découvre du haut de la corniche. Les pattes de devant appuyées contre le parapet de pierre, il reste là un long moment, à aboyer.

Agacée, Claude, qui regarde François prendre des photos, finit par lui crier de se taire. Penaud, Dag revient vers elle en silence. Annie pose devant l'objectif, ses cheveux blonds dans le vent. Mick et Pilou, un peu plus loin, s'esclaffent de voir Berlingot adresser un grand discours à un petit âne soudain surgi du maquis et qui s'était arrêté, ébahi à la vue du singe, au beau milieu de la route.

Quand tout le monde a photographié les calanques sous tous les angles, Félix Duval, faisant office de guide avec Max Normand qui connaît bien le pays, annonce qu'un déjeuner champêtre, composé de spécialités corses, attend les promeneurs à l'*Auberge Fleurie*, à Piana.

On redescend donc gaiement vers le village. L'âne, charmé par le babil de Berlingot qui a fini par lui sauter sur le dos, emboîte tout naturellement le pas aux touristes. Claude, apercevant une boulangerie, achète au passage du pain dont elle régale son nouvel ami aux longues oreilles. Dag, brave bête, ne manifeste pas la moindre jalousie.

À l'*Auberge Fleurie*, chacun s'attable joyeusement. On est déjà au milieu du repas quand la voix d'Héloïse Glaïeul s'élève, aigrelette, interrompant les conversations :

— Que fait ce couvert à côté de moi ? Il me gêne ! Qu'on m'en débarrasse !

Félix Duval fait un signe à un garçon et lui murmure un ordre. Le garçon paraît étonné, sort une liste de sa poche et la consulte...

— Vous m'avez bien prévenu, monsieur, qu'il y aurait dix-huit convives en tout ?... Je ne me trompe pas ?

— Non, répond le commissaire. En effet, dix-huit personnes participent à cette promenade. Les autres passagers ont préféré rester à bord. Pourquoi cette question ?

— Parce que vous n'êtes que dix-sept en ce moment. Ce couvert que vous me demandez d'enlever est prévu pour un dix-huitième convive. Ce monsieur ou cette dame n'est pas encore là, voilà tout !

Le commissaire compte rapidement les personnes présentes. Le garçon ne se trompe pas, en effet. Il n'y a là que dix-sept convives.

Claude, qui a entendu, compte à son tour. Le groupe descendu à Piana comprend les passagers les plus avides de tout voir et de profiter de toutes les sorties, c'est-à-dire : François, Claude, Mick, Annie et Pilou (soit cinq enfants) ; leur ami Max Normand ; Mlle Ping ; Héloïse Glaïeul ; le planteur brésilien, Pedro Ruiz ; M. Stone, l'Anglais ; Fortuné Barge, le pianiste ; M. Hagg, le diamantaire hollandais ; Jean Bellac qui s'est déplacé avec l'aide de Lucien Merlot ; M. et Mme Herrington ; Mme Dorsel et, bien entendu, Félix Duval. Cela fait bien dix-huit. Et il n'y a que dix-sept personnes autour de la table !

— Il manque M. Ruiz ! lance Claude avec assurance. Je l'ai pourtant aperçu tout à l'heure. Il prenait des photos des calanques, à quelques mètres de nous !

Chacun regarde autour de soi, comme si cela faisait surgir l'absent du néant, par magie.

— Oui, dit lentement Max. C'est en effet M. Ruiz qui est manquant. Où diable est-il passé ?

— Vous dites, enchaîne le commissaire en se tournant vers Claude, que vous l'avez aperçu aux calanques ?

— Ouah ! approuve Dagobert.

— Certainement, répond Claude. Mais je n'ai pas fait spécialement attention à lui. Je le regrette maintenant.

Seuls ses cousins et Pilou comprennent à quel point Claude s'en veut à elle-même. Après avoir conseillé à ses camarades d'ouvrir l'œil, elle a perdu la notion du temps en admirant le paysage. Et voilà que Pedro Ruiz a disparu. Le chef du Club des Cinq s'adresse de secrets reproches.

— Il n'est peut-être pas loin ! hasarde M. Hagg, optimiste.

— Il a pu s'absenter une minute ! émet M. Stone.

— Depuis que nous sommes attablés, il aurait eu cent fois le temps de nous rejoindre ! remarque le commissaire, visiblement soucieux.

Félix Duval se lève de table. S'adressant aux dîneurs, il déclare :

— Restez ici. Continuez à déjeuner tranquillement. Moi, je pars à la recherche de M. Ruiz.

— Je vais avec vous ! propose Max spontanément.

— Pouvons-nous vous suivre ? demandent à la fois Claude et François.

— Pourquoi pas ? jette Max. On sait bien que les jeunes ont toujours envie de bouger. Venez donc !

Les Cinq et Pilou avec Berlingot juché sur son épaule se lèvent comme un seul homme. Après avoir vérifié que le Brésilien ne se trouve pas à l'auberge, le petit groupe prend la route de la corniche. On arrive aux calanques sans avoir rencontré Pedro Ruiz. Celui-ci paraît s'être volatilisé.

— Je n'y comprends rien, murmure le commissaire.

Un « ouah » impératif de Dago lui coupe la parole. Le chien vient de s'élancer contre le parapet dominant la mer et aboie de toutes ses forces. Puis il tourne la tête vers Claude et lui adresse un regard éloquent.

— Mon chien a vu quelque chose ! s'écrie Claude. Déjà, tout à l'heure, il aboyait à ce même endroit. Allons voir !

Sans attendre, elle s'élance, suivie de ses compagnons. Dag aboie encore. Le museau tendu, il semble regarder un point en contrebas... Claude se penche... Elle distingue alors une forme humaine, allongée entre deux buissons de lentisques, sur une roche. Au-dessous, les vagues de la mer s'écrasent contre des récifs.

— Oh ! s'écrie Annie qui se penche à son tour. Mais c'est M. Ruiz ! Je le reconnais à son costume violine à raies roses. Il n'y a que lui pour porter des habits aussi voyants !

— C'est bien lui, en effet, dit le commissaire entre ses dents serrées. Il faut le tirer de là.

— Mais il est ligoté ! remarque Max dont la vue est perçante. Ça alors !

— Venez ! intime Félix Duval à Max. Il n'y a pas de temps à perdre. À nous deux, nous arriverons bien à le remonter !

En dépit des protestations de François et des prières d'Annie, Claude et Mick escaladent le parapet à la suite des deux hommes. Ni l'un ni l'autre n'est sujet au vertige. C'est une chance, vu la hauteur séparant de la mer l'étroite plate-forme où se trouve le planteur brésilien.

Les quatre sauveteurs parviennent sans difficulté jusqu'à l'homme inanimé. Pedro Ruiz a les yeux fermés. Un peu au-dessus de sa tempe droite, une blessure semble indiquer que son agresseur l'a frappé avant de le ficeler.

Non sans peine, Félix Duval, Max, Claude et Mick hissent le Brésilien jusqu'au parapet. François, Pilou et Annie les aident à le faire passer par-dessus.

On allonge alors le pauvre homme sur le maigre talus herbeux, dans un coin ombragé. Max coupe, à l'aide d'un couteau de poche, la mince cordelette qui lie ses chevilles et ses poignets. Puis il le frictionne pour activer la circulation du sang.

Annie, avec les gestes doux d'une petite maman, humecte les tempes du malheureux à l'aide d'eau de Cologne qu'elle a par bonheur sur elle.

Au bout d'un moment, Pedro Ruiz revient à lui et pose la question classique :

— Où suis-je ?

Puis, avant même qu'on lui réponde, il retrouve la mémoire ainsi que toute sa lucidité. Alors, une flamme de colère brille dans ses yeux.

— Où est le misérable qui m'a attaqué ? s'écrie-t-il d'une voix tonnante qui rassure immédiatement son entourage sur l'état de sa santé. Si jamais je mets la main sur lui, je lui promets bien du plaisir !

— Qui était-ce ? demande vivement le commissaire.

— Comment voulez-vous que je le sache ? grommelle Pedro Ruiz en se palpant le crâne. Je m'étais un peu écarté des autres, pour mieux photographier ces étranges roches rouges, quand soudain quelqu'un m'a saisi par-derrière. On m'a fait une prise de judo. Ma tête a heurté le sol avec violence et... je ne me souviens de rien d'autre !

— Mon chien vous a repéré là-bas, sur une roche en surplomb au-dessus des flots, commence Claude, et...

Elle est interrompue par un juron (portugais) qui échappe à M. Ruiz dont la fureur se déchaîne.

— Incroyable ! ajoute en français le Brésilien. On m'a dévalisé. Voyez ! Je n'ai plus de portefeuille, plus rien. Mes poches sont vides. Et le rubis de valeur que je portais au doigt a disparu lui aussi... Ah !... Qu'est ceci ?

Il vient de trouver, au fond des poches qu'il explore fébrilement, un petit carton blanc, rectangulaire, décoré d'un loup noir.

Claude reconnaît la carte au premier coup d'œil.

— Encore le Masque Noir ! s'exclame-t-elle tout haut. Il était donc parmi nous aujourd'hui ! Cet homme est d'une hardiesse et d'une imprudence folles !

Et tout bas, à ses cousins :

— Chic. Voilà qui va faciliter nos recherches !

Oubliant la mésaventure de Pedro Ruiz, elle a peine à cacher sa joie. Le dernier méfait du Masque Noir ne peut que contribuer à le perdre. Les Cinq finiront bien par percer son secret !

Ce soir-là, à bord de l'*Aquilon*, on ne parle que de l'agression dont a été victime l'infortuné M. Ruiz. Une fouille des suspects n'a rien donné. Le Masque Noir a eu le temps de cacher son butin. Bien entendu, Héloïse Glaïeul formule les plus effrayantes prédictions :

— Vous verrez que nous serons tous assassinés dans nos cabines, les uns après les autres ! prophétise-t-elle. Je vous aurai assez prévenus !

Et elle semble se délecter de ses sinistres paroles que, d'ailleurs, personne n'écoute.

Après le dîner, Claude, François, Mick, Annie et Pilou montent, avec Dag et Berlingot, sur le pont supérieur pour s'y entretenir en paix, abrités sous un des canots de sauvetage.

— Qu'allons-nous faire ? demande François à Claude. Le collier de Mme Herrington, le rubis et le portefeuille de M. Ruiz... peut-être même la broche de Mlle Ping... et notre enquête n'est pour ainsi dire pas commencée !

— Attends un peu, dit Claude. Faisons travailler nos cellules grises avant de passer à l'action. Sans plan réfléchi, nous risquerions d'échouer.

— D'accord ! acquiesce Mick. Pour commencer, passons les suspects en revue.

— C'est cela ! fait Pilou, tout content de participer à une enquête des Cinq. Dressons la liste des gens qui ont participé à l'excursion d'aujourd'hui et éliminons ceux qui sont insoupçonnables. Le Masque Noir se trouve forcément parmi les autres.

— Avez-vous remarqué ? questionne Annie. Ceux qui étaient avec nous aujourd'hui assistaient également au bal costumé !

François tire un papier de sa poche et commence à inscrire le nom des passagers ayant pris part à la promenade aux calanques de Piana. Puis il les lit à haute voix.

— Cela fait dix-huit personnes ! résume Claude. Et sur ces dix-huit, il y en a plusieurs que nous pouvons rayer dès maintenant de la liste noire.

— Commençons par écarter tante Cécile et nous-mêmes ! propose Mick. Voilà déjà six suspects en moins !

— N'oublie pas le commissaire Félix Duval et notre ami Max ! ajoute Annie.

— Huit !

— Nous pouvons également rayer le malheureux Pedro Ruiz, poursuit François. Et aussi la maigre Héloïse Glaïeul. Je ne la vois guère attaquant Pedro Ruiz avec une prise de judo !

Claude lève la main.

— Attention ! Il ne faut pas juger sur les apparences. Pedro Ruiz a peut-être feint cette agression. Il lui aurait été facile de se blesser légèrement au front, de se lier les chevilles et même les poignets. Après ça, il n'avait plus qu'à proclamer que le Masque Noir l'avait dévalisé.

— Mais dans quel but ? interroge Pilou, stupéfait.

— Pour détourner les soupçons, si par hasard c'est lui le Masque Noir... Quant à Héloïse Glaïeul, elle est peut-être plus robuste qu'elle ne le paraît et rien ne prouve qu'elle ignore le judo. Après tout, c'est un sport destiné aux faibles qui désirent se défendre contre les plus forts... ou les attaquer !

— Bon ! Puisque tu y tiens, laissons donc Ruiz et ton ennemie personnelle sur la liste ! concède François. Mais nous pouvons éliminer Jean Bellac qui est handicapé.

— Handicapé ? Qu'est-ce qui le prouve ? lance Claude.

Ses camarades, médusés, la regardent bouche bée.

— Il passe pour infirme, explique Claude, parce qu'il se dit tel et se déplace malaisément. Mais sa prétendue maladie peut n'être qu'une couverture s'il est vraiment le Masque Noir.

Mick hoche la tête.

— Tu n'as peut-être pas tort ! Dans ce cas, Lucien Merlot serait son complice... Voyons, que penses-tu de M. et Mme Herrington ?

— Comme Ruiz, ils peuvent très bien avoir simulé d'être victimes du Masque Noir.

— En somme, conclut Mick, il nous reste dix suspects : M. Stone, M. Hagg, Fortuné Barge, Héloïse Glaïeul, Mlle Ping, M. et Mme Herrington, Pedro Ruiz, Jean Bellac et Lucien Merlot !

— Exactement.

— Ça fait beaucoup de monde ! dit Pilou.

— M. Barge est bien trop gentil pour être coupable ! proteste Annie.

— Dans les romans policiers, le coupable, c'est toujours celui qui paraît le plus innocent ! lui rappelle François.

— Si nous demandions à Max de nous aider ? suggère Mick. Je lui ai déjà parlé des exploits du Club des Cinq. Cela a paru l'intéresser.

— Il prendrait certainement notre enquête au sérieux, déclare Claude, mais mieux vaut nous débrouiller seuls.

— Ce n'est pas mon avis, annonce François. Le Masque Noir est un individu dangereux. Avoir une grande personne avec nous peut nous être très utile. Et Max est vraiment un chic type.

Claude se fait prier mais finit par céder. Les Cinq et Pilou vont donc trouver Max. Le jeune homme, mis dans leurs confidences, accepte gravement de les aider.

— Je suis flatté que vous fassiez appel à moi, leur confie-t-il gentiment. Je me mets à votre entière disposition. Mais n'oubliez pas que vous avez affaire à un gaillard résolu et extrêmement habile. Le démasquer ne sera pas facile !

Le lendemain matin, après une nuit dans la baie d'Ajaccio, les passagers visitent la ville et les îles Sanguinaires. Puis l'*Aquilon* reprend la mer pour mettre le cap sur Alger.

Chose curieuse, personne ne songe à déserter la croisière. Ceux que le Masque Noir a dépouillés pensent ne plus rien avoir à craindre de lui. Les autres entendent « en avoir pour leur argent ». Le malfaiteur leur a lancé un défi. Eh bien, ils le relèvent...

— Il faut dire aussi, explique Claude, fine mouche, que si quelqu'un fuyait l'*Aquilon*, on pourrait le soupçonner d'être le Masque Noir. La police ne manquerait certainement pas de le « cuisiner »... Alors, tous se tiennent tranquilles.

— Et ceux que notre homme a volés savent aussi que leur compagnie d'assurances paiera ! ajoute Max en riant.

Le petit déjeuner réunit les passagers dans la salle à manger. Yves Perrec, le commandant, fait aux enfants la faveur de les accueillir à sa table. Flattés, Claude, François, Mick, Annie et Pilou en profitent pour l'interroger sur ce qu'on appelle à bord « le mystère du Masque Noir ».

Le visage du commandant s'assombrit :

— Cet homme gâche notre croisière, avoue-t-il. M. Veyrac reste sur le qui-vive. Il espère bien pouvoir démasquer le gredin avant longtemps.

À la pensée des lourdes responsabilités qui pèsent sur ses épaules, le commandant sent des gouttes de sueur perler à son front. Pour s'éponger, il tire son mouchoir de sa poche, entraînant ainsi un petit carton qui tombe sur le sol. Claude se baisse vivement pour ramasser l'objet. Alors, elle s'immobilise, sidérée...

Elle tient une des cartes de visite du Masque Noir !

Stupéfaits, les jeunes convives contemplent Yves Perrec. Le commandant ! Est-il possible que ce soit lui le célèbre malfaiteur ? Non ! bien sûr. Et cependant...

chapitre 6

Encore huit suspects

Avant qu'ils soient revenus de leur surprise, Berlingot bondit soudain, et, l'air mécontent, arrache la carte des mains de Claude. Puis, tout en jacassant, il court l'enfoncer dans la poche de la vareuse du commandant, là où elle se trouvait l'instant d'avant.

Alors, Pilou éclate de rire. Il vient brusquement de comprendre.

— Excusez mon singe, commandant ! C'est lui qui vous a joué ce méchant tour, le coquin !

Quelques passagers, cependant, attirés par l'incident, considèrent le bristol qu'Yves Perrec a de nouveau tiré de sa poche.

— Mais c'est « ma » carte ! s'écrie tout à coup Pedro Ruiz. Je veux dire... celle que le Masque Noir a laissée sur moi hier, après m'avoir attaqué ! Je la reconnais parfaitement ! Voyez ! Il y a ici, à droite, une minuscule tache de sang provenant de ma blessure... Cette carte était restée dans ma cabine et...

— Et Berlingot vous l'a chipée pour la fourrer dans ma poche ! achève le commandant avec un léger sourire. Tonnerre de Brest ! Ce petit singe m'a causé un choc !

L'incident s'achève parmi les rires...

Accoudée à la lisse, Claude regarde défiler les côtes d'Afrique. Elle se demande si la prochaine escale se passera aussi bien que celle d'Ajaccio.

Dans l'après-midi, on arrive à Alger. La visite de la ville occupe les heures qui suivent. Celle des gorges de la Chiffa est inscrite au programme du lendemain.

Ce jour-là, le groupe des passagers « avides de tout voir », augmenté de quelques autres, prend place dans un car de location... Bien entendu, Claude, ses cousins et Pilou, sans oublier Dag et Berlingot, sont installés aux premières places.

— Les gorges que nous allons visiter, explique le commissaire Félix Duval aux touristes, servent de cadre pittoresque au célèbre « ruisseau des singes ». Celui-ci, comme son nom l'indique, est hanté par des tribus entières de quadrumanes.

Mick lance une bourrade à Pilou.

— J'espère que tu tiendras Berlingot en laisse, mon vieux ! Il ne manquerait plus qu'il s'échappe.

— Sois tranquille ! répond le jeune Lagarde. Il m'aime trop pour filer rejoindre ses semblables.

Les gorges de la Chiffa paraissent fort belles aux enfants, impressionnés par la hauteur des arbres qui y poussent et assourdis par les cris des singes qui piaillent de tout côté autour d'eux. Berlingot tire sur sa chaîne pour rejoindre, non pas ses congénères, mais la charrette d'un petit Arabe qui vend des cacahuètes...

Dag, assailli par deux singes qui lui tirent la queue et les oreilles, est vaillamment défendu par Berlingot qui, renonçant à ses rêves de gourmandise, se met à distribuer des taloches à droite et à gauche pour le libérer. Les promeneurs, attirés par ce singu-

lier spectacle, s'attroupent autour d'eux en riant. Soudain, un cri retentit...

Claude et ses camarades se retournent vivement... À quelque distance de là, Mlle Ping fait face à un gros singe qui lui barre le chemin. Brusquement, l'animal ramasse un bâton et, l'arme haute, feint d'attaquer la jeune Chinoise.

Avant que personne ait le temps d'intervenir, il arrive une chose surprenante : la frêle Mlle Ping, loin de paraître effrayée, marche droit à son adversaire, saisit le bras velu qui la menace, pirouette sur elle-même, et fait basculer par-dessus sa tête le gros singe qui se retrouve à terre où il se met à pousser des cris de terreur. Elle le lâche alors : l'animal se relève d'un bond et prend la fuite. On le voit qui disparaît dans les feuillages sans demander son reste. Les enfants échangent des regards d'intelligence.

— Vous avez vu ? chuchote Annie. Mlle Ping connaît le judo ! Et elle a un sang-froid extraordinaire.

— Voilà qui donne à penser, répond Mick sur le même ton. Mlle Ping est en passe de devenir notre suspect numéro un !

— Oui, admet François, songeur. Elle pourrait fort bien attaquer Pedro Ruiz.

Les jeunes détectives rentrent à Alger en se promettant de surveiller tout particulièrement Mlle Ping... Max est de leur avis : lui aussi se méfie davantage de la mince Chinoise maintenant qu'il connaît sa science du judo...

L'étape suivante – après une agréable flânerie le long des côtes d'Algérie et de Tunisie – est Carthage. L'*Aquilon* jette l'ancre dans le golfe de Tunis, juste au pied de la ville antique qui s'élève en gradins, avec ses magnifiques villas blanches enfouies parmi les palmiers, jusqu'à la cathédrale Saint-Louis.

Désignant celle-ci du geste, Max explique à ses amis :

— C'est à cet endroit que saint Louis, assaillant Tunis, mourut de la peste en 1270... Et c'est ici, également, que Didon, en 878 avant Jésus-Christ, fonda la célèbre cité !

Claude, ses cousins et Pilou se félicitent d'avoir Max pour guide. Il semble tout connaître, tout avoir vu. C'est qu'il a tellement voyagé !

Presque tous les passagers, cette fois-ci, veulent descendre à terre pour visiter les fameuses ruines de Carthage.

— De toute manière, déclare Claude à ses amis, nous n'avons à nous soucier que de nos dix suspects puisque ce sont les seuls à s'être toujours trouvés sur les lieux où opérait le Masque Noir. Ce fait élimine les autres d'office.

— Moi, dit Pilou, je ne quitterai pas Mlle Ping d'une semelle.

— Le Club des Cinq suffira à surveiller les neuf autres ! assure Claude avec superbe. Nous serons partout à la fois.

— Là, réplique François en riant, je crois que tu exagères un peu. Nous ne pouvons pas nous dédoubler.

— Personnellement, dit Max, je surveillerai Héloïse Glaïeul. Elle m'a supplié de lui servir d'escorte.

— Je vous souhaite bien du plaisir ! jette Mick gaiement.

La visite des ruines se fait sous un soleil de plomb. Un peu las, Fortuné Barge, le pianiste, s'assoit sur une pierre, à l'ombre d'un porche de temple en ruine.

Les enfants l'aperçoivent de loin. Il est seul et se repose en fumant une cigarette... Un peu plus tard, alors que tout le monde a regagné les cars, M. Barge s'écrie soudain :

— Ma montre ! Je ne l'ai plus ! C'était une montre électronique en platine, explique-t-il, d'une valeur énorme. La dernière fois que j'ai regardé l'heure, c'était là-bas... à l'entrée du vieux temple.

— Oui, confirme Claude. Vous êtes resté longtemps à cet endroit. Peut-être l'y avez-vous perdue. Allons voir !

Elle s'élance, suivie de ses camarades, vers le porche en ruine. Les enfants retrouvent facilement la pierre sur laquelle s'était reposé le pianiste... Mais il n'y a pas trace de la montre. En revanche, coincé entre deux pierres, bien en évidence, un carton blanc attire leur attention...

C'est une nouvelle carte de visite du Masque Noir !

— Ça, par exemple ! s'écrie Claude, folle de rage. Cet individu a volé sa montre à Fortuné Barge, là, presque sous notre nez ! Il se moque de nous !

— Cela innocente M. Barge, n'est-ce pas ? murmure Annie.

— Pas du tout ! assure Mick. Il continue à être aussi suspect que les deux autres victimes ou soi-disant telles du Masque Noir !

— Allons lui demander si personne ne s'est approché de lui tandis qu'il se reposait ici, décide Claude...

Mais le musicien n'a vu passer qu'Héloïse Glaïeul, escortée de Max. La vieille dame n'a guère échangé qu'un mot ou deux avec lui.

— Ah, si, pourtant ! s'exclame brusquement Fortuné Barge en se frappant le front. M. Bellac et Lucien Merlot se sont arrêtés un moment près de moi. Mais je ne peux vraiment soupçonner aucun des deux.

Claude réfléchit rapidement. M. Barge, toujours distrait, a fort bien pu parler à d'autres personnes. Les touristes se sont si bien dispersés dans la nature que les Cinq ont eu beaucoup de mal à les filer sans les perdre de vue... d'autant plus qu'ils ne tenaient pas à se faire remarquer ! Seul, Pilou se montre affirmatif : il a suivi de si près Mlle Ping qu'il peut jurer à coup sûr qu'elle n'est pas coupable...

— Ma présence sur ses talons a même fini par l'importuner, avoue Pilou à ses camarades. Elle m'a prié de ne pas être tout le temps à sa remorque. Alors, je me suis contenté de la filer moins ouvertement. Mais je ne l'ai perdue de vue à aucun moment. Nous pouvons la rayer de notre liste de suspects...

Cependant, les conducteurs des cars pressent les retardataires de monter en voiture. Les enfants se hâtent...

Durant le bref trajet entre Carthage et Sidi Bou Saïd où l'on doit s'arrêter pour prendre le thé à la menthe et admirer le paysage, François tire la liste des suspects de sa poche et, discrètement, barre le nom de Mlle Ping !

— Je ne l'ai jamais véritablement soupçonnée ! confie-t-il à Claude dans un souffle. Je ne vois guère une femme dans le rôle du redoutable Masque Noir.

— Eh bien, moi, je continue à tenir Héloïse Glaïeul pour suspecte ! Et, à Sidi Bou Saïd, je la suivrai comme son ombre ! Max vient de m'avouer qu'il l'avait lâchée au bout d'un quart d'heure de promenade tant elle l'assommait avec ses récriminations. Tout à l'heure, c'est moi qui lui servirai de guide et de soutien pour ses pas chancelants...

En effet, sitôt arrivée à Sidi Bou Saïd, Claude se précipite vers son « ennemie » et lui propose de l'accompagner dans sa visite du village.

Héloïse Glaïeul lui jette un regard soupçonneux.

— Entendu... si cela vous amuse ! accepte-t-elle enfin.

Oh, non ! Cela n'amuse pas du tout Claude, au contraire ! Seulement, elle se dit que, si l'étape doit être troublée par quelque manifestation du Masque Noir, on saura au moins à quoi s'en tenir en ce qui concerne la vieille dame.

Les passagers de l'*Aquilon* commencent à en avoir par-dessus la tête de ces incidents de route. Un peu partout, il faut perdre du temps à faire des déclarations à la police. Cela devient insupportable.

Après avoir pris le thé dans un café, les promeneurs s'égaillent, à leur habitude, pour flâner selon leur fantaisie. Comme convenu, Claude emboîte le pas à Héloïse Glaïeul. Dago ouvre la marche, remuant la queue comme pour signifier qu'il est heureux de participer à l'action...

Claude doit faire preuve d'une patience angélique tout au long de l'excursion. Sa compagne insiste pour monter un escalier raide, qui mène à un belvédère, en s'appuyant sur son épaule. La pauvre Claude, transpirant à grosses gouttes, tient bon cependant. Enfin, satisfaite, la vieille dame manifeste le désir de retourner au car...

Arrivées en vue de leur véhicule, les deux promeneuses constatent qu'une singulière animation règne parmi leurs compagnons de voyage. Ceux-ci gesticulent et parlent fort.

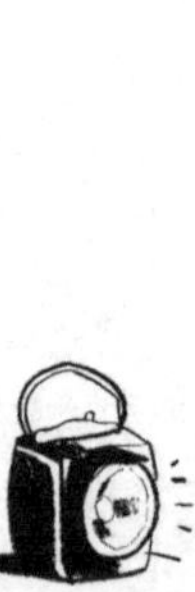

Mick aperçoit sa cousine et lui fait signe. Elle accourt.

— M. Hagg a été attaqué ! annonce Mick.

— Oui, dit Annie. Le pauvre s'est écarté des autres. Quelqu'un lui a sauté dessus et lui a arraché sa veste, qu'il tenait sur son bras. M. Hagg n'a pas eu la possibilité de reconnaître son agresseur. L'homme portait un loup noir... et aussi un costume comme celui de M. Stone. Il s'est enfui à toutes jambes. M. Hagg est gros. Il n'a pas pu rejoindre le fuyard... Il a retrouvé sa veste par terre quelques minutes après...

— Mais son portefeuille avait disparu, ajoute François. À la place, M. Hagg a trouvé la carte de visite du Masque Noir !

— Je demande à être fouillé ! s'écrie M. Stone, indigné. Si c'est moi le voleur, j'ai forcément le portefeuille sur moi ! J'exige une fouille ! Oui, je l'exige !

— Je ne vous accuse pas ! répond le gros Hollandais très ennuyé. Allons faire notre déposition à la police.

Tout cela, bien sûr, n'aboutit à rien. M. Stone n'a pas sur lui le portefeuille de M. Hagg : celui-ci doit faire son deuil de son argent. M. Veyrac, le détective du bord,

ronge son frein en silence : le Masque Noir lui échappe encore !

— En tout cas, murmure Claude pensive, tandis que le car prend la route de Tunis, en tout cas, je dois rayer notre chère Héloïse de la liste.

— Il ne nous reste plus que huit suspects ! rappelle Mick.

— Sept hommes et une femme ! précise Pilou.

— Avez-vous remarqué, dit Annie, comme le Masque Noir frappe souvent, ces temps-ci ? Il a l'air de défier tout le monde : M. Veyrac, le commandant, les passagers, la police... et nous-mêmes !

— Je me demande ce que nous réserve l'étape de Tunis, bougonne Claude. Au train où vont les choses, j'ai idée qu'il va encore se passer du vilain là-bas !

Max Normand rit sous cape... Il comprend que Claude est surtout dépitée de voir que son ennemie personnelle – et celle de Dag – devient insoupçonnable. Dago lui-même a l'air abattu. L'humeur de sa petite maîtresse déteint sur lui. Et c'est en vain que Berlingot s'ingénie à faire des grimaces pour le distraire.

Tunis n'étant qu'à quelques kilomètres de Sidi Bou Saïd, les voyageurs y arrivent bientôt. Un dîner très couleur locale est prévu à l'hôtel Néo-Afrika...

L'hôtel Néo-Afrika se dresse au centre de la ville, à deux pas de la grande mosquée. C'est un immeuble ultra-moderne, à six étages, et que desservent quatre ascenseurs. De perpétuels va-et-vient l'animent. Les salons se trouvent au cinquième et la salle à manger au second.

La plupart des touristes, très altérés, commencent par monter au bar, sur la terrasse. D'autres préfèrent se reposer dans les salons. D'autres encore choisissent de flâner dans la vaste salle de réception où l'on peut voir des vitrines d'objets à vendre et dont un jet d'eau entretient l'agréable fraîcheur.

Les enfants jugent amusant de s'installer au bar, perchés sur de hauts tabourets, tandis que les adultes optent pour des sièges plus confortables.

Tout en dégustant une boisson anisée, les cinq amis discutent des événements de la journée.

— M. Stone est devenu mon suspect numéro un ! déclare Pilou pendant que Berlingot chipe des olives dans un ravier.

— Restons impartials ! tempère Annie.

— ... tiaux ! rectifie François. On dit « impartiaux » au pluriel, mon chou.

— Ah, bon ! Je voulais simplement dire que nous ne devons pas avoir des idées toutes faites. Ce n'est pas parce que le Masque Noir a un peu l'allure de l'Anglais qu'il nous faut soupçonner forcément celui-ci.

— Avez-vous remarqué, dit Mick, que c'est la première fois que le Masque Noir se montre ?

— Oui, répond Claude d'un air sombre. Il s'agit d'un homme, mince et plutôt grand, dirait-on... ou de Mme Herrington ! Elle porte un pantalon elle aussi !

— Voilà qui élimine M. Hagg, dit Pilou. Le Hollandais est gros et court !

Claude hausse les épaules.

— Cela l'éliminerait, soupire-t-elle, si nous étions sûrs qu'il dit la vérité. Mais qui prouve qu'il a bien été volé ? Nous n'avons que sa parole. Lui seul aurait aperçu le Masque Noir. La description qu'il nous en donne peut être fausse.

— C'est vrai, reconnaît François.

— Autrement dit, conclut Mick, nous tournons en rond.

— Eh oui ! À moins que...

Claude s'interrompt en entendant le barman pousser un cri de stupeur.

— Là !... là !... le voyant rouge ! s'exclame-t-il.

Et, d'un doigt tremblant, il désigne un feu clignotant qui vient de s'allumer sur le mur, près de lui.

— Qu'est-ce que cela signifie ? lui demande Mick.

— On attaque... la direction ! bégaie l'employé. Dans ce cas, une sonnerie devrait retentir dans tout l'hôtel... Mais les fils ont sans doute été coupés... M. Haziz, le directeur, a dû appuyer sur le bouton secret commandant ce voyant... C'est un hold-up !... Alerte ! Alerte !

L'homme s'est mis à crier à pleins poumons. En même temps, il déclenche une autre sonnerie dépendant de l'étage.

En un instant, l'hôtel ressemble à une ruche en pleine effervescence. Les employés courent en tous sens. Les clients, ignorant ce qui arrive, les questionnent sans obtenir de réponses.

Claude s'écrie :

— La police ! Il faut immédiatement téléphoner à la police !

C'est, évidemment, la première chose à faire.

Avant l'arrivée de la police, cependant, on apprend ce qui s'est passé au juste... M. Veyrac, Félix Duval, Max, les Cinq et Pilou ont fini par se rejoindre. Ils se font indiquer le bureau du directeur et s'y précipitent, suivis du réceptionniste de l'hôtel.

Ils trouvent la porte de la pièce grande ouverte et M. Haziz évanoui sur le tapis. Annie et Claude s'empressent autour du pauvre homme tandis que M. Veyrac appelle un médecin.

Bientôt, le directeur revient à lui et explique qu'il était en train de commencer à compter la recette de la journée quand un individu a forcé sa porte et l'a frappé. Avant de perdre connaissance, M. Haziz a eu le temps d'allumer le voyant rouge, grâce à un bouton, caché sous son bureau.

Bien entendu, le coffre-fort a été vidé de son contenu. Le Masque Noir – car c'est lui le coupable ! – n'y a laissé que sa carte !

Aux policiers enfin arrivés, M. Haziz donne le signalement de son agresseur : un homme enveloppé d'une gandoura flottante, mais qui lui a semblé grand et mince. Son visage disparaissait sous un loup noir.

Claude, l'air plus sombre que jamais, entraîne ses cousins et Pilou.

— En opérant à terre, le Masque Noir rend notre tâche particulièrement difficile, explique-t-elle en soupirant. N'importe lequel de nos suspects a pu passer une gandoura par-dessus ses vêtements habituels et la quitter ensuite en un clin d'œil.

— L'auteur du hold-up est grand et mince, rappelle François. Cela confirme les dires de M. Hagg. Cette fois, nous pouvons être certains que ce n'est pas lui le Masque Noir !

Pilou prend un air optimiste :

— Voilà toujours un résultat d'acquis, déclare-t-il. Le nombre de nos suspects se réduit désormais à sept !

chapitre 7

Insaisissable malfaiteur

Le lendemain, les passagers de l'*Aquilon* doivent visiter Tunis et ses souks. François, Mick, Annie et Pilou prennent grand plaisir à circuler dans les ruelles en pente où des marchands exposent leurs pittoresques articles.

À un certain moment, Berlingot, échappant à Pilou, va s'enfermer dans une grande cage à oiseau en forme de mosquée. Les badauds rient. Seule Claude reste maussade...

Le chef du Club des Cinq songe qu'en dépit de sa folle témérité, le Masque Noir demeure introuvable, défiant la police et

M. Veyrac. Elle se dit surtout que l'enquête des Cinq n'avance guère.

« Certes, pense-t-elle, nous avons fait de notre mieux, mais en procédant toujours par élimination... Ce n'est pas de la véritable besogne de détective, cela ! »

Elle oublie que M. Veyrac en sait moins qu'elle encore ! Mais elle considère comme un affront personnel la désinvolture incroyable dont l'insaisissable Masque fait preuve au cours de cette croisière...

Quand l'*Aquilon* reprend la mer, c'est pour se diriger vers Gabès. On jette l'ancre dans le golfe en fin d'après-midi. La soirée se passe à bord. Malgré la présence du malfaiteur international parmi eux, les passagers sont bien résolus à profiter du moment présent. L'air est parfumé. Une musique douce agrémente le dîner...

Sitôt après le repas, les cinq enfants montent sur le pont avec Dag et Berlingot. Sous les étoiles brillantes, ils discutent du sujet qui les intéresse.

— Restent en piste, annonce François en tirant sa liste, MM. Ruiz, Stone, Barge, Bellac, Merlot, Herrington... et la femme de ce dernier.

Annie soupire.

— Après ses exploits à terre, dit-elle, je suppose que le Masque Noir, quel qu'il soit, va prendre un peu de repos... Il voudra limiter les risques. Moi, en tout cas, j'ai sommeil. Tu viens, Claude ?

— Tu es folle ! répond Claude assez rudement. Il est beaucoup trop tôt.

— Allons trouver Max ! propose François. Je crois qu'il prépare de nouveaux tours pour la séance de prestidigitation de dimanche. Peut-être nous permettra-t-il d'assister à son entraînement.

— Bonne idée ! s'écrie Mick en bondissant de sa chaise de pont. Allons-y !

— Il vaudrait mieux surveiller nos suspects, fait remarquer Claude. Ruiz et Hagg sont en train de jouer aux échecs sur le pont. Ils en ont pour un bon bout de temps. Mais les six autres...

— M. et Mme Herrington sont au salon, coupe Annie. Ils bavardent avec tante Cécile.

— Dans ce cas, résume François, il reste Stone, Bellac, Merlot et Fortuné Barge. Mais je suis comme Annie, moi ! Je ne pense pas que le Masque Noir se manifeste ce soir. Allons rejoindre Max !

Claude hésite, puis finit par se décider :

— D'accord ! dit-elle. Mais juste un moment ! Ensuite, nous chercherons à savoir ce que font nos suspects de leur soirée.

Le petit groupe quitte le pont pour se diriger vers la lointaine cabine de Max. La moquette étouffe le bruit de leurs pas. Soudain, en tournant le coin d'une coursive, Pilou, qui marche en tête, s'arrête net, suffoqué.

— Regardez ! souffle-t-il à ses camarades. Quelqu'un essaie d'entrer chez M. Hagg !

Les cinq amis se sont immobilisés... À la faible lueur des veilleuses de la coursive, ils aperçoivent un homme courbé sur la serrure de la cabine du Hollandais et manifestement occupé à la crocheter.

Les enfants le voient de profil. L'inconnu leur semble plutôt grand et mince. Il est vêtu d'un costume sombre. Claude, folle de joie, constate qu'il porte un loup de velours noir. Par gestes, elle fait comprendre aux autres qu'ils doivent approcher sans bruit et sauter tous ensemble sur le dos du Masque Noir ! Mais Berlingot fait échouer ce beau plan. Il pousse un piaillement intempestif.

L'homme tourne la tête. Ses yeux, qui brillent à travers les trous du loup, se posent sur les enfants. Il réagit alors en un éclair.

Faisant prestement demi-tour, il bondit vers l'autre extrémité de la coursive. Tous s'élancent à sa poursuite...

C'est une course éperdue. Claude et Mick galopent en tête. François suit. Puis viennent Pilou et Annie. Dagobert, excité par la voix de sa maîtresse, aborde le coin avant tout le monde.

— Le Masque Noir ne peut pas nous échapper ! crie Claude. Dago va lui sauter à la gorge !

Hélas, après avoir atteint le bout de la coursive, les jeunes détectives trouvent un passage transversal sur lequel s'amorcent deux autres couloirs. Quel chemin doivent-ils prendre ?

— Dag ! appelle Claude.

Un bref aboiement lui répond, venant de droite. Tous se précipitent, pour se heurter à Max qui arrive, flanqué d'un Dagobert tout joyeux.

— Ça alors ! jette Mick, consterné. Que s'est-il passé ?

— C'est moi qui vous le demande, répond Max, l'air intrigué. Vous en faites, une tête !

Claude lui explique en deux mots qu'ils étaient aux trousses du Masque Noir. Max pousse une exclamation de dépit :

— C'est donc cela ! Quel imbécile je suis ! J'ai tout gâché ! Je sortais de ma cabine quand j'ai aperçu Dag qui filait comme une flèche. Sans penser mal faire, je l'ai appelé au passage. Il s'est arrêté pile pour venir à moi. Je croyais qu'il donnait la chasse au chat du cuisinier !

— Trop tard à présent pour rattraper le temps perdu ! soupire François, désolé. Le Masque Noir a eu cent fois le temps de se mettre à l'abri...

— Essayons toujours, propose vivement Max, visiblement désireux de réparer sa gaffe. Prenez par ici, moi je vais par là... Nous trouverons peut-être un indice...

Mais c'est en vain que les Cinq, Pilou et Max explorent le secteur.

— Êtes-vous certains, demande Max aux enfants, que c'était bien à la cabine de M. Hagg que le Masque Noir s'attaquait ?... Oui ?... Allons voir sur place !

La serrure, effectivement, porte des traces toutes fraîches. On a bien tenté de la forcer.

— Il n'y a plus qu'à prévenir le commandant, M. Veyrac et M. Hagg ! décide François.

M. Hagg est toujours sur le pont, en train de disputer une partie d'échecs avec M. Ruiz.

Il déclare que son partenaire et lui n'ont pas bougé de la soirée, ne serait-ce qu'un instant. Un fait devient évident : Pedro Ruiz, à son tour, doit être rayé de la liste noire.

Claude a une idée... Elle court au salon voir si sa mère et les Herrington sont encore là... Eux non plus n'ont pas bougé, semble-t-il ! Du seuil de la pièce, Claude fait signe à sa mère. Mme Dorsel s'excuse aimablement et vient la rejoindre.

— Qu'y a-t-il, Claude ?

— Maman, dit celle-ci vivement. Quelqu'un a tenté de cambrioler la cabine de M. Hagg dans l'heure qui vient de s'écouler. M. et Mme Herrington t'ont-ils quittée à un moment quelconque ?

— Pas une seconde ! affirme la jeune femme, péremptoire. Nous n'avons pas cessé de causer ensemble depuis le dîner.

— Très bien. Je te remercie.

Claude part en courant rejoindre les autres.

— Le couple américain est innocent comme l'agneau qui vient de naître ! déclare-t-elle à ses amis.

— Combien de gens soupçonnez-vous encore ? questionne Max.

— Il ne reste que quatre personnes ! annonce François en considérant sa liste copieusement raturée. Fortuné Barge, M. Stone, Jean Bellac et Lucien Merlot.

— Magnifique ! s'écrie Max d'un air joyeux. Désormais, si la lutte est inégale, c'est à notre profit. Nous sommes six pour ouvrir l'œil, sans compter Veyrac... et aussi Dagobert, s'empresse-t-il d'ajouter par crainte de froisser Claude.

Mais Claude ne fait pas montre de son enthousiasme habituel. Elle est aussi moins bavarde qu'à l'ordinaire.

Mick ne peut s'empêcher de lui faire remarquer, d'un air taquin, dès que Max les a quittés :

— Alors, ma vieille ! Qu'est-ce qui ne va pas ? Tu n'as pas l'air de tourner rond depuis quelque temps !

Claude répond d'un air volontairement désinvolte :

— Bah ! Tu le sais très bien, ce qui ne va pas ! C'est qu'il me semble que le Masque Noir se joue de nous. Il frappe de plus en plus souvent, comme s'il était sûr de l'impunité. Encore heureux que nous ayons fait échouer sa tentative de cambriolage d'aujourd'hui !

En réalité, Claude a un peu honte des sentiments qui l'agitent en profondeur. Elle, si généreuse d'habitude, ressent une vague irritation depuis que Max s'efforce d'aider les Cinq.

« Pilou, passe encore ! se dit-elle. C'est un ami ! Et encore... Sans le cri poussé par Berlingot, je suis certaine que nous aurions attrapé le Masque Noir ! Mais Max... c'est un parfait étranger. Et au lieu de nous aider, il nous gêne. La preuve : il a détourné Dag de sa mission en l'appelant... L'enquête marcherait deux fois plus vite si les Cinq étaient seuls à s'en occuper... »

Oui, Claude a honte de ses pensées secrètes qui lui ressemblent si peu. Et cependant... elle ne peut s'empêcher de les avoir.

Bien entendu, l'enquête menée par M. Veyrac ne donne rien... Néanmoins, comme le dernier méfait du Masque Noir se solde par un échec pour le diabolique malfaiteur et que la plupart des passagers n'en ont même pas été informés, tout le monde est fort bien disposé lorsque, le lendemain matin, on descend à terre.

La promenade au cœur de l'oasis est un enchantement. Les fleurs des grenadiers mettent des taches rouges au milieu de la verdure. Une source fraîche alimente un bassin de pierre dans lequel des enfants plongent pour aller ramasser, au fond de l'eau, les pièces que lancent les touristes amusés... Alors que ceux-ci se pressent pour mieux voir le pittoresque spectacle, une jeune femme, inconnue de Claude et de ses camarades, s'écrie soudain :

— Au voleur ! Mon sac à main !

Les Cinq se retournent vivement. Ils aperçoivent un homme mince, vêtu d'une gandoura, qui s'enfuit au pas de course. Claude crie aussitôt :

— Le Masque Noir ! Vite, mes amis ! Cette fois, ne le laissons pas s'échapper ! Dago ! Vas-y, mon chien ! Attrape-le !

Au moment où Dag démarre, Berlingot lui saute sur l'échine et, se cramponnant à son cou, l'excite en poussant des cris aigus. Mais Dag n'a pas besoin d'encouragements.

En quelques foulées, il rattrape le voleur. Celui-ci lâche le sac à main qu'il tient pour tenter de se défendre. Mais Dag l'a déjà renversé à terre tandis que Berlingot, faisant voler sa chéchia, lui tire les cheveux avec ardeur.

Le voleur hurle. Un flot de mots arabes s'échappe de ses lèvres.

— Le Masque Noir fignole son personnage ! constate Mick qui court coude à coude avec Claude. Voilà qu'il parle arabe maintenant. Je ne me doutais pas qu'il était polyglotte !

Déjà, suivis d'autres touristes, ils ont rejoint le voleur et Dag. Claude ordonne à son chien de tenir le brigand en respect. L'homme, face contre terre, ne bouge plus.

— Relevez-vous ! ordonne Claude d'un ton triomphant. Ôtez votre masque et montrez-nous votre figure !

L'instant est solennel. L'homme se relève, se retourne... et chacun peut constater qu'il ne porte pas le célèbre loup noir. Son visage brun est celui d'un Tunisien, à la fois terrifié et furieux d'avoir été pris.

— Flûte ! s'écrie François. Ce n'est pas le Masque Noir.

Il ne s'agit que d'un voleur de petite envergure. Claude, dépitée, doit se faire une raison. Ce n'est pas encore cette fois que les Cinq pourront se vanter d'avoir capturé l'insaisissable et trop fameux malfaiteur...

L'*Aquilon,* toujours ancré dans le golfe de Gabès, se balance mollement sur les flots. Cet après-midi-là, la chaleur est telle que la plupart des passagers font la sieste.

Mme Dorsel, son mari et le professeur Lagarde sont allés s'allonger sur leurs couchettes. Max lui-même s'est retiré dans sa cabine.

Livrés à eux-mêmes, les Cinq et Pilou s'ennuient un peu...

— Nous pourrions jouer au Scrabble ! propose Annie qui adore les distractions tranquilles.

— Si tu veux ! concède Claude. Je vais chercher la boîte. Rendez-vous au salon !

Elle part en courant, suivie de Dag... Par contraste avec l'éblouissant soleil du dehors, la coursive lui paraît sombre. Pourtant, elle distingue soudain une blancheur à quelque distance devant elle : un steward, vêtu d'une veste immaculée, vient de sortir de chez M. Hagg.

Des ronflements peu harmonieux s'échappent de la cabine du Hollandais : M. Hagg dort ! Claude sourit. Le steward referme doucement la porte derrière lui, puis s'éloigne d'un pas rapide...

Brusquement, le sourire de Claude s'évanouit. En un éclair, elle comprend que la petite scène, d'apparence très banale, à laquelle elle vient d'assister n'est pas normale... Ce steward n'a rien à faire dans la cabine de M. Hagg puisque celui-ci, étant endormi, ne peut l'avoir sonné !

— Hep ! appelle Claude en se précipitant sur les traces du steward. Hep ! Steward !

Mais le garçon de cabine, au lieu de s'arrêter et de lui faire face, se met à courir et disparaît.

— Au voleur ! crie Claude sans même prendre le temps de réfléchir. Au voleur ! Le Masque Noir !

D'instinct, elle sent que, cette fois-ci, elle ne se trompe pas ! Autour d'elle, il y a un remue-ménage confus. Puis, des exclamations jaillissent, des portes de cabine claquent. Claude et Dag tournent le coin de la coursive. Ils aperçoivent le fuyard à l'autre extrémité.

— Vas-y, Dag ! crie Claude.

Et puis, elle regrette d'avoir donné l'alerte. Des passagers, réveillés par ses cris, sortent dans la coursive étroite, freinant son élan et retardant Dago... Dans la coursive suivante, il y a encore plus de monde. Une véritable petite foule se presse là... dont deux ou trois stewards. Claude comprend que, une fois de plus, la partie est perdue.

Cependant, triomphant, Dag revient vers elle, portant dans sa gueule un gant blanc...

« Le gredin utilise des gants pour ne pas laisser d'empreintes digitales ! » se dit Claude.

— Qu'y a-t-il ?... Que s'est-il passé ? demandent des voix autour d'elle.

Des hurlements la dispensent de répondre. Elle revient en courant à la cabine de M. Hagg et trouve le diamantaire gesticulant comme un possédé.

— On m'a volé ! Ma collection unique de diamants et de rubis !... Disparue !... Et moi qui avais refusé de la déposer dans le coffre du bord ! Je la croyais plus en sûreté sur moi... Les pierres étaient enfermées dans une ceinture de toile que je porte nuit et jour, à même la peau. Mais aujourd'hui, il faisait si chaud que je l'ai ôtée, juste le temps de la sieste. Le Masque Noir en a profité pour me la dérober... Tenez ! Voici sa carte !

M. Veyrac, prévenu, ne peut que constater le vol. Claude lui remet le gant blanc trouvé par Dagobert.

— C'est peut-être un indice... et peut-être pas ! marmonne le détective, en fronçant les sourcils.

— S'il n'appartenait pas au voleur, Dag ne l'aurait pas ramassé ! affirme Claude.

— Voyons !... lance Max qui vient d'arriver en même temps que François. Mick, Annie et Pilou. Ce gant est identique à ceux que portent les stewards. Le Masque Noir s'est procuré l'uniforme complet d'un garçon de cabine. Je doute que cela serve à l'identifier...

Félix Duval, le commissaire, arrive à son tour. Il examine le gant de près, et déclare, pensif :

— Non ! Il ne s'agit pas d'un gant de steward. Celui-ci est beaucoup plus fin. Tâtez-en donc l'étoffe, Veyrac... Je n'en ai jamais vu de pareil. Curieux !

Bien entendu, les passagers ont droit à une fouille complète de leur personne et de leurs bagages. Le commandant ne sait comment calmer Héloïse Glaïeul qui déclare à qui veut l'entendre qu'on doit suspendre la croisière.

C'est au beau milieu du tumulte général que Berlingot fait soudain son apparition. Il caquette d'un air très excité, tout en serrant contre lui une petite boîte rectangulaire, en carton.

— Qu'as-tu déniché, Berlingot ? s'exclame Pilou en tendant la main... Allons, donne !... Merci, mon vieux !

Il ouvre la boîte et pousse un cri :

— Par exemple ! Les cartes de visite du Masque Noir ! Sa réserve secrète sans doute !

Tout le monde s'immobilise.

— Il faudrait, dit M. Veyrac, savoir où il les a trouvées.

chapitre 8

Un colis suspect

— M. de la Palice n'aurait pas mieux parlé, chuchote Mick ironique. Il devrait questionner Berlingot !

— Tais-toi, dit Claude. J'ai une idée... Il faut rendre cette boîte à ton singe, Pilou, et ordonner ensuite à Berlingot de la rapporter là où il l'a prise. Tu y parviendras peut-être.

— Bonne idée ! s'écrie Félix Duval. Nous pouvons toujours essayer d'identifier ainsi le Masque Noir !

Une curieuse expédition s'organise alors le long des coursives. Berlingot, portant la fameuse boîte et suivi des enfants, de Max, du détective et du commandant, se dirige droit vers l'une des cabines. Arrivé là, il fourre les cartes dans le tiroir ouvert d'une commode. Puis, satisfait, il fait demi-tour.

Les assistants se regardent. Cette cabine est celle de Fortuné Barge ! Bien entendu, le pianiste, interrogé, se défend comme un beau diable.

— Ce n'est pas moi le Masque Noir ! proteste-t-il. Ce singe diabolique se plaît à jouer des tours. Rappelez-vous, commandant ! Un jour, il a glissé une de ces cartes dans votre poche même. Je ne suis pas plus coupable que vous !

La prochaine étape doit être la Sicile. Tandis que l'*Aquilon* vogue tranquillement vers cette île, les Cinq, réunis à l'ombre d'un canot de sauvetage qu'ils ont pris pour quartier général, tiennent conseil avec Pilou et Max.

— Revoyons toute l'affaire, propose François, et tâchons de faire le point. Cela nous aidera peut-être.

— Vas-y ! dit Claude. Sors ta liste.

— J'ai aussi pris quelques notes et résumé les tristes exploits de notre adversaire depuis le départ.

— Un adversaire qui ignore que nous sommes à ses trousses, fait remarquer Mick.

S'il savait que les Cinq sont décidés à l'épingler, il se montrerait moins hardi.

— Tu me fais rire ! réplique Pilou, goguenard. Il a beau être d'une imprudence folle, vous n'avez pas réussi, jusqu'à présent, à percer son identité. Le gaillard court toujours.

— Ce que tu dis là n'est guère gentil pour tes amis ! déclare Max. Ils ont bien failli attraper le faux steward. Seul un malheureux concours de circonstances les en a empêchés.

Pilou rougit.

— Je disais ça seulement pour taquiner Claude et Mick. Ils sont toujours tellement sûrs de réussir.

— Et ils ont toujours réussi jusqu'à présent ! glisse Annie de sa petite voix douce.

— Avec ton concours, mon chou ! dit Claude en lui plaquant un baiser sur la joue.

Claude ne fait jamais étalage de ses sentiments. Aussi cette marque d'affection touche-t-elle Annie.

« Oh ! oui, songe Annie. Nous formons tous les Cinq une équipe bien solide. Et il n'y a pas de raison pour que nous ne démasquions pas le "loup noir" comme je l'appelle ! »

— Voici donc, où nous en sommes, reprend François. Le Masque Noir a dépouillé successivement : Mlle Ping (croyons-nous) et, à coup sûr : Mme Herrington, Pedro Ruiz, Fortuné Barge, M. Hagg, M. Haziz le directeur de l'hôtel Néo-Afrika de Tunis, et de nouveau M. Hagg qui n'a décidément pas de chance. Nous avons éliminé par ailleurs de la liste des suspects : Mlle Ping, Pedro Ruiz, M. Hagg, Héloïse Glaïeul et le ménage Herrington.

— Ce qui fait, conclut Max en comptant sur ses doigts, que le Masque Noir est très certainement : Fortuné Barge, M. Stone, Jean Bellac ou Lucien Merlot...

Pilou, qui s'est penché sur le garde-fou pour jeter un coup d'œil sur le pont en dessous, voit précisément passer Jean Bellac et son infirmier.

— Je parierais pour ces deux-là, murmure-t-il. Ils font une drôle de paire ! Et je ne serais pas étonné que le Masque Noir ait un complice !

L'arrivée à Syracuse est une fête pour tout le monde... On doit séjourner plusieurs jours dans cette ville et, à partir de là, rayonner tout autour pour faire des excursions intéressantes. Beaucoup de passagers, accablés par la chaleur, préfèrent profiter d'un agréable farniente à bord. Les enfants et le petit « groupe d'intrépides », comme dit Claude, participent en revanche à toutes les sorties.

Cette escale n'est marquée par aucune prouesse du Masque Noir. Les passagers commencent à respirer.

Et puis, la veille du départ...

Ce jour-là, les Cinq et Pilou ont obtenu la permission de circuler seuls en ville... Ils flânent le long des boutiques de Syracuse, amusés du contraste entre les magasins ultramodernes et les anciennes échoppes très couleur locale qui résistent vaillamment aux changements imposés par l'époque...

Annie vient de s'offrir un foulard multicolore quand soudain Claude pousse une exclamation :

— Regardez ! dit-elle. Cet homme... là-bas !

— Mais c'est Fortuné Barge ! s'exclame Mick. Il avait pourtant annoncé qu'il allait faire la sieste !

— Et le voilà qui avance en rasant les murs ! observe François. Au fond, c'est peut-être tout simplement pour avoir de l'ombre.

— Son allure est bien mystérieuse ! insinue Pilou.

— Filons-le ! décide Claude. N'aboie surtout pas, Dago !

La petite troupe se met en marche, suivant le suspect d'assez loin, mais sans le perdre jamais de vue.

— Il tient à la main un paquet soigneusement emballé, fait remarquer François.

— Et il paraît se diriger droit vers la poste, ajoute Claude. Oh ! Oh ! Si c'est lui par hasard le Masque Noir, nous pouvons parier qu'il y a dans son colis le rubis de Pedro Ruiz, les diamants de M. Hagg, les portefeuilles des deux hommes, le collier de Mme Herrington et peut-être la broche de Mlle Ping !

— Eh bien ! s'écrie Mick. Il n'y a qu'à aller voir !

— C'est cela ! s'esclaffe Pilou. Couronslui après et exigeons qu'il déballe son paquet sous nos yeux. C'est tout simple, en effet !

Son ironie est perdue pour Claude qui, déjà, cherche un moyen de vérifier le contenu du paquet que le pianiste se prépare à expédier.

— J'ai une idée ! murmure-t-elle en s'arrêtant brusquement.

— Dépêche-toi de nous la dire ! souffle François en voyant Fortuné Barge s'engouffrer dans le bâtiment de la poste. Dans un instant, il sera trop tard...

— Pas du tout ! Suivez-moi !

Là-dessus, Claude court jusqu'à un café voisin et, s'étant assurée qu'il possède une cabine téléphonique isolée, s'y engouffre.

— Consommez n'importe quoi pendant que je téléphone ! dit-elle à ses camarades. Je reviens tout de suite !

Elle les rejoint au bout de quelques minutes, la mine triomphante.

— Ça y est ! Dans un instant, nous saurons ce que contient le paquet suspect ! annonce Claude à ses cousins et à Pilou ébahis.

— Mais qu'as-tu fait ? interroge François.

Claude éclate de rire.

— Sans me nommer, bien sûr, explique-t-elle, j'ai téléphoné au bureau de poste pour prévenir qu'une bombe se trouvait à l'intérieur du paquet qu'un Anglais – dont j'ai donné le nom et le signalement – déposait à l'instant même au guichet... Il doit y avoir un bel affolement de l'autre côté de la rue, ajoute-t-elle en désignant du pouce le bureau de poste que l'on aperçoit à travers la vitre du café. C'est l'état d'alerte. On doit s'affairer à contrôler !

Ses camarades la regardent avec admiration. On peut faire confiance à l'imagination de Claude pour venir à bout des problèmes les plus difficiles.

— Ma foi, je n'aurais jamais trouvé ça moi-même ! déclare Mick. Tu es extraordinaire, Claude !

— La reine... pardon... le roi des Détectives ! ajoute Pilou.

Claude, malgré elle, se rengorge.

Tandis que ses amis guettent l'éventuelle sortie de Fortuné Barge, Claude, au bout d'un moment, retourne à la cabine et appelle la poste... À sa candide demande : « A-t-on trouvé une bombe dans le paquet suspect ? »... une voix courroucée répond qu'un paquet de livres sur l'histoire de la Sicile n'a jamais rien eu de commun avec une bombe et que le farceur qui se permettait d'aussi stupides plaisanteries méritait qu'on lui tire les oreilles...

Claude n'en écoute pas davantage et raccroche sur un rapide mot d'excuse. Ainsi, le colis du musicien ne contenait rien de suspect...

Les camarades de Claude l'attendent, très agités.

— Fortuné Barge vient de sortir du bureau de poste ! signale Annie. Il a l'air indigné.

— Je le crois volontiers, réplique Claude en riant (un peu jaune). Son paquet ne renfermait que des bouquins, paraît-il.

— Nous avons donc fait chou blanc une fois de plus ! fait remarquer François.

— Bah ! Ce n'est pas très grave. J'aurais dû me douter que, s'il avait eu les bijoux, il n'aurait pu les expédier aussi facilement de l'étranger ! Je n'ai pas pensé à la douane ! Retournons au bateau !

La petite troupe trouve l'*Aquilon* en émoi. En leur absence, le Masque Noir s'est de nouveau manifesté en prenant pour cible... Héloïse Glaïeul. La « sorcière » ne décolère pas. Par exception, ses récriminations sont fondées : le voleur lui a dérobé les sept bagues – diamant, émeraude, saphir, rubis, topaze, lapis lazuli et aigue-marine – qu'elle porte successivement chaque jour de la semaine.

— La journée, dit Claude, n'aura pas été entièrement infructueuse...

— Pour le Masque Noir ? fait Mick, taquin.

— Non, pour nous !... En effet, tandis que l'on dévalisait Héloïse, nous suivions Fortuné à la trace. Ce n'est pas lui le Masque Noir !

— En d'autres termes, conclut François, son nom est également à rayer de la liste et il ne nous reste plus que trois suspects : l'Anglais, Bellac et son infirmier !

Dans la soirée, l'humeur morose des passagers se dissipe un peu lorsque l'*Aquilon*, après avoir quitté Syracuse et remonté la côte orientale de la Sicile, s'engage dans le détroit de Messine.

— Voici, explique Max en désignant à ses jeunes amis un tourbillon écumant, le fameux gouffre de Charybde, qui épouvantait si fort les navigateurs autrefois. Nos paquebots modernes n'ont rien à craindre de lui, rassurez-vous ! D'ailleurs, le courant n'est très fort qu'à certaines heures, suivant la marée. Et voilà Scylla, le non moins célèbre groupe de récifs que redoutaient plus encore les Anciens...

Les enfants écoutent, très intéressés... Mais la journée a été fatigante. Après le repas, les Cinq et Pilou ne traînent pas... Ils vont directement se coucher.

Le lendemain, les enfants se réveillent à Naples. L'*Aquilon* doit y passer une semaine entière. De nombreuses excursions sont prévues au programme. Claude, cependant, est soucieuse.

— Voici la dernière partie de la croisière qui s'amorce, dit-elle à ses camarades, et nous n'avons toujours pas identifié notre adversaire. Je me refuse à croire qu'il est plus malin que nous !

— L'évidence est pourtant là ! soupire François. Nous n'arrivons pas à le démasquer. Je crains bien que nous ne débarquions à Marseille bredouilles !

Annie intervient de sa voix calme :

— Je ne pense pas ! Ce serait la première fois que les Cinq échoueraient. Je suis persuadée que Claude saura diriger notre enquête et la faire aboutir à temps !

— Ouah ! approuve Dago avec force.

Claude sourit, flattée.

— Merci de ta confiance, Annie ! Il est vrai que j'espère bien que nous réussirons ! Il ne sera pas dit que le Masque Noir aura tenu les Cinq en échec... alors surtout qu'ils sont secondés par Pilou et Berlingot, ajoute-t-elle gentiment.

Cependant, les six premiers jours de l'escale napolitaine se passent sans incident majeur... Mais le septième, au cours d'une excursion à Capri, se déroule un épisode « comico-dramatique », selon l'expression de Mick.

Mlle Ping, souriante et un peu confuse, arbore à son chemisier la fameuse broche qu'elle a déclarée perdue lors de la promenade à Ibiza.

— Je l'ai retrouvée, prise dans la doublure de la robe que je portais ce jour-là et que je n'avais pas remise depuis, explique-t-elle. Ce n'est donc pas le Masque Noir qui me l'avait dérobée !

— Un mauvais coup de moins à son actif ! chuchote Mick.

Il aurait aussi bien fait de se taire. Au retour de l'excursion, en effet, Mlle Ping, consternée, a de nouveau perdu sa broche ! En revanche, elle trouve dans son sac à main la carte de visite du malfaiteur international...

— Cette fois, dit Claude, furieuse de n'avoir rien vu, nous pouvons éliminer Jean Bellac. Il est resté à bord tout l'après-midi.

— N'en concluons pas que Stone et Lucien Merlot sont seuls suspects désormais ! prévient François. Bellac et Merlot peuvent très bien être complices et opérer à tour de rôle.

Cette opinion paraît être confirmée par une aventure qui arrive à Annie le lendemain, tandis que l'*Aquilon*, ayant quitté la baie de Naples, fait route vers Ostie.

Annie, ce jour-là, est en train de nager dans la piscine avec ses camarades quand, soudain, la bretelle de son deux-pièces craque. Comme elle a un maillot de bain de réserve dans sa cabine, elle court se changer.

chapitre 9

Des coupables... non coupables

Annie longe une coursive quand elle aperçoit par terre une grosse gourmette d'argent. Elle la ramasse... Le nom « Lucien » est gravé sur la plaque d'identité.

Levant les yeux, Annie s'aperçoit que, précisément, elle se trouve devant la porte de la cabine qu'occupent Jean Bellac et Lucien Merlot. La petite fille s'apprête à frapper quand, soudain, une voix coléreuse s'élève derrière le battant.

— Je t'avais pourtant demandé de laisser la Chinoise tranquille, dit Jean Bellac. Elle tenait à cette broche et elle a si peu de valeur, en comparaison des autres bijoux ! Il ne faut

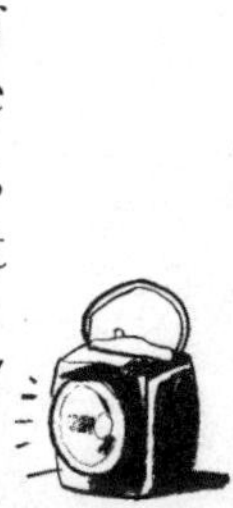

pas risquer de nous faire pincer pour des broutilles...

— Bon, bon, patron ! Ne vous mettez pas en colère ! Ça m'a paru drôle de piquer ce truc. Et comme j'avais une de vos cartes sur moi, je me suis amusé à la glisser dans son sac !

— Ça aussi, c'est une imprudence ! À l'avenir...

Annie, fortement émue, se hâte de déposer la gourmette sur le seuil et s'éloigne vivement. Les paroles échangées entre les deux hommes ne laissent place à aucun doute... Jean Bellac est le Masque Noir ! et Lucien Merlot son complice !

Dès qu'Annie a changé de maillot, elle court rejoindre François, Mick, Claude et Pilou.

— Annie ! Qu'est-ce que tu as ? s'écrie Mick à sa vue. Tu es toute pâle et tu trembles !

— J'apporte des nouvelles ! annonce Annie.

Ses camarades, réunis au bord de la piscine, un peu à l'écart des autres baigneurs, la regardent, attentifs.

—Je sais qui est le Masque Noir ! continue Annie.

— Chut ! coupe Claude en sursautant. Montons à notre quartier général... le canot de sauvetage. Là-haut, tu nous raconteras tout...

Après les révélations d'Annie, le petit groupe reste muet un moment. Dag ne bouge pas. Berlingot se tait.

— Tout s'explique ! murmure enfin Mick. Ainsi... c'est donc Jean Bellac ! Voilà le Masque Noir enfin démasqué !

— Reste à le prendre sur le fait... à le confondre ! fait François.

— Et à découvrir aussi où il cache son butin ! ajoute Pilou.

— Oui... admet Claude, songeuse... Jean Bellac ! Oui... Il est joliment habile d'avoir ainsi joué au handicapé !

— Comment faire pour le pincer en flagrant délit ? questionne Mick qui bout d'impatience.

— Nous le surveillerons discrètement jour et nuit, décrète Claude. Du moment que nous savons sous quelle identité se cache notre adversaire, tout devient facile... enfin... je l'espère !

Son manque d'enthousiasme frappe Annie qui se garde cependant de faire la moindre réflexion. On décide que les enfants se relaieront par équipes pour surveiller Bellac et Merlot : François et Pilou, Mick et Annie, Claude et Dag !

C'est à Rome, au cours d'une promenade en car le long de la voie Appia, qu'un nouvel incident survient... Brusquement, Jean Bellac pousse un cri :

— Mon portefeuille ! Les billets que je portais sur moi... Disparus ! Volés !

Il est devenu tout pâle et semble véritablement bouleversé.

— Quel comédien ! souffle Mick à ses camarades. Le voilà qui se range lui-même au nombre de ses victimes !

Claude, assise non loin de Bellac, ne répond pas. D'un œil morne, elle considère la carte que l'homme vient de trouver dans sa poche et qu'il agite sous le nez de ses voisins : celle du Masque Noir !

Une fouille immédiate des passagers du car ne donne rien.

— On a dû vous dépouiller avant que nous ne montions en voiture, déclare Félix Duval, très ennuyé.

— Je suis sûr, en tout cas, que j'avais ces papiers sur moi en quittant l'*Aquilon*, affirme Jean Bellac.

— Voilà, dit encore Mick à voix basse, voilà qui innocenterait M. Stone si besoin était... Notre Anglais souffre d'une rage de dents : il est resté à bord !

Claude est toujours étrangement silencieuse... Elle n'exprime ses pensées secrètes que plus tard, quand tous ont regagné le bateau. Alors, à l'ombre du canot de sauvetage, elle fait cette stupéfiante déclaration :

— Je ne crois pas que Jean Bellac et Lucien Merlot soient coupables !

François, Mick, Annie et Pilou échangent des regards effarés.

— Mais... mais... bégaie Annie... j'ai moi-même entendu Jean Bellac reprocher à son infirmier d'avoir volé Mlle Ping... et aussi d'avoir mis une de ses cartes de visite dans son sac...

— Justement, dit Claude. Cette conversation me semble des plus suspectes.

— Que veux-tu dire ?

— Écoute ! Tu dis que les deux hommes parlaient très fort ?

— Oh, oui ! Je les entendais distinctement, même sans prêter l'oreille, je t'assure !

— Vous ne trouvez pas cela bizarre, vous autres ? continue Claude. Est-ce que nous élevons la voix quand nous échangeons des

propos secrets ? Vous imaginez le Masque Noir trahissant son anonymat en hurlant ?

— Heu... non... en effet ! murmure François, pensif.

— Autre chose !... Si Bellac avait voulu faire des reproches à son infirmier, il aurait eu cent fois l'occasion de le faire avant l'instant où Annie est passée devant leur porte.

— C'est vrai, ça ! reconnaît Mick. Hier soir, par exemple !

— Et puis, cette gourmette au nom de Lucien... juste devant la cabine des deux hommes, poursuit Claude... Cela fait penser à une mise en scène.

— Pourtant, j'ai bien entendu la conversation que je vous ai rapportée ! insiste Annie.

— Je n'en doute pas. Mais il se trouve que, moi aussi, un jour, j'ai entendu Bellac et Merlot causer ensemble alors qu'ils se croyaient seuls. Eh bien, Bellac n'a jamais tutoyé son infirmier. Or, tu dis bien qu'il lui disait « tu » ?

— Certainement.

— Et voilà pourquoi, déclare Claude, je ne crois pas plus à la culpabilité de Bellac et de Merlot qu'à celle des autres... que nous avons innocentés. Il s'agit très probablement d'un coup monté ! À mon avis, le Masque Noir s'est aperçu que nous menions une enquête serrée parallèlement à celle de M. Veyrac et il tente de nous égarer sur une fausse piste.

— Mais comment ? s'écrie Mick. De quelle manière ?

— Comment ?... Il nous reste à le découvrir ! répond Claude.

Elle fait signe à ses camarades de se rapprocher d'elle et continue tout bas...

— Avant de nous réunir ici, explique Claude, je me suis donné la peine de contrôler ce que je soupçonnais... Et j'ai ainsi obtenu la preuve que Bellac et Merlot devaient être mis hors de cause... En effet, en interrogeant le barman, j'ai appris qu'au moment où Annie entendait le dialogue révélateur entre Bellac et son infirmier, les deux hommes se trouvaient occupés à jouer aux cartes sur le pont...

— Mais alors, comprend Pilou en explosant, il ne nous reste plus aucun suspect ! Si le Masque Noir n'est ni Héloïse Glaïeul, ni M. Hagg, ni Mlle Ping, ni Fortuné Barge, ni Pedro Ruiz, ni les Herrington, ni M. Stone, ni le tandem Bellac-Merlot, alors... *qui est-il ?*

— Cela aussi, il nous reste à le découvrir ! réplique Claude sombrement. Autrement dit, nous devons reprendre toute notre enquête à zéro !

La dernière escale de l'*Aquilon* avant le retour à Marseille doit être Gênes. Tandis que le luxueux paquebot fend les flots en direction du grand port italien, les Cinq et Pilou, aidés de Max, s'épuisent à surveiller, un peu au hasard, tous leurs anciens suspects. Mais Claude se rend bien compte que cette façon de procéder ne peut aboutir si le hasard ne les favorise pas... Or, la chance semble décidément leur tourner le dos.

En vain, par roulement, les équipes des jeunes détectives se relaient-elles... La nuit, Claude et Dag ou François et Mick rôdent, silencieux, le long des coursives. Le jour, on les rencontre ainsi que Max, Annie et Pilou, dans les endroits les plus invraisemblables... Tous sont aux aguets... sans le moindre résultat positif, hélas !

À la fin, Claude elle-même se sent découragée.

— Nous n'y arriverons jamais ! confie-t-elle à Dag en grand secret.

Lorsque l'*Aquilon* vient se ranger à quai dans l'un des bassins de l'immense port de Gênes, Félix Duval annonce que cette dernière étape de la croisière sera marquée par des fêtes à bord et des excursions à terre.

— Et pour commencer, dit-il, je suppose que tout le monde est d'accord pour aller admirer la maison de Christophe Colomb !

Bien entendu, le groupe habituel des passagers avides de tout voir fait chorus.

La maison de Christophe Colomb déçoit les enfants. Ils s'attendaient au spectacle d'une bâtisse grandiose et découvrent une bicoque branlante, minuscule, du genre « cabane du cantonnier », en plein cœur de la ville. Si les murs de cette croulante masure n'étaient couverts de lierre, ce qui la rend pittoresque, elle paraîtrait dérisoire.

Les touristes, désappointés, reviennent sans entrain vers le car qui les a transportés.

— Nous allons déjeuner en ville, d'un repas typiquement italien, annonce Félix Duval. Puis nous irons visiter le célèbre Campo Santo de Gênes, le cimetière le plus vaste du monde...

— Eh bien ! fait François, lugubre. Il ne manquait plus que cela pour nous réjouir le cœur ! Un cimetière ! Je vous demande un peu !...

Max, qui l'entend, se met à rire.

— Vous irez sans moi ! dit-il aux enfants. Ce soir, je donne une grande séance de prestidigitation à bord. Je vais répéter durant l'après-midi. J'espère que vous viendrez m'applaudir !

En effet, Max quitte ses jeunes amis sitôt après le repas. Les passagers de l'*Aquilon* regagnent leur car et l'on prend le chemin – plutôt grimpant – du lointain Campo Santo.

Chose absolument extraordinaire, les deux savants – M. Dorsel et le professeur Lagarde – participent à l'excursion.

— J'ai eu du mal à les convaincre, explique Mme Dorsel à sa fille, à ses neveux et à Pilou. Encore n'ai-je réussi à les arracher à leurs discussions scientifiques que parce qu'il s'agit d'une promenade intéressante. Le grand cimetière de Gênes contient les tombeaux de personnages célèbres et vaut la peine d'être vu. Ton père, Claude, et le tien, Pilou, sont curieux de vérifier certaines dates inscrites sur des pierres funéraires anciennes.

Le Campo Santo s'étend sur une si vaste surface – il occupe trois collines entières – qu'il ressemble de loin à une ville. Des avenues, des rues, des jardins et même des toilettes publiques accentuent encore cette ressemblance.

Avant de franchir la grille monumentale, Pilou jette machinalement un regard à son père auquel il a à peine prêté attention jusque-là et demeure bouche bée.

— C'est incroyable ! murmure-t-il enfin. Papa a terriblement grossi ces temps-ci. Je ne m'en étais pas aperçu.

— Mais... mais... papa aussi ! s'écrie Claude, éberluée.

Mme Dorsel se met à rire.

— Rassurez-vous, mes enfants. Vos pères ne sont pas menacés d'obésité. Non ! Tout simplement, ils ont suivi l'exemple de M. Hagg !

Comme Claude et Pilou n'ont pas l'air de comprendre, la jeune femme explique en riant :

— M. Hagg glissait ses pierres précieuses dans une ceinture de toile qu'il portait autour de la taille... Eh bien, le professeur Lagarde et ton père, Claude, l'ont imité. Ils n'ont aucune confiance dans le coffre-fort de l'*Aquilon*, sachant le Masque Noir à bord. Aussi ont-ils préféré emporter leurs précieux documents sur eux pour la durée de la promenade. Ils en ont bourré leurs poches !

— Mais c'est ridicule ! juge Claude avec son franc-parler habituel. Le Masque Noir ne songerait jamais à voler ces paperasses !

— Détrompe-toi ! dit Mme Dorsel. Ces paperasses, comme tu dis, ont une énorme valeur. Elles contiennent des indications secrètes sur certaines formules que nos deux savants cherchent en commun...

— Ha, ha ! fait Mick en riant. Voilà qui ne m'étonne pas de mon oncle ! M. Lagarde et lui étaient bien incapables de profiter de la croisière sans travailler !

À la suite des autres touristes, le petit groupe des promeneurs pénètre dans le vaste champ de repos. Un guide se précipite à leur rencontre :

— Par ici, messieurs dames... Si vous voulez bien me suivre..., propose-t-il en un français chantant.

Il fait une chaleur accablante. Les enfants commencent à regretter d'être venus.

— Ouvrons l'œil ! répète Claude pour la dixième fois peut-être.

— Oh ! Ça va ! réplique Mick. Nous ne faisons que cela !

— Allons, bon ! s'exclame Pilou. Voilà papa qui retire sa veste tant il a chaud. Il oublie que ses poches sont bourrées de papiers importants...

— Rapprochons-nous de lui, conseille François. Il suffirait que le Masque Noir...

Le jeune garçon n'a pas le temps d'achever sa phrase car, au même instant, une chose extraordinaire se produit... Le père de Pilou passe devant une haute chapelle funéraire, surmontée d'un ange de bronze aux ailes déployées. Soudain, l'ange paraît se dédoubler... mais c'est un démon masqué d'un loup qui tombe sur le dos du professeur Lagarde.

Les deux hommes roulent sur le sol. Avant que les spectateurs soient revenus de leur surprise, l'agresseur du savant bondit entre les caveaux et, serrant contre lui la veste de M. Lagarde, disparaît en un clin d'œil.

— Le Masque Noir ! hurle Claude. Vite ! Poursuivons-le ! Il ne peut pas nous échapper ! Attrapons-le !

Mais c'est plus vite dit que fait. Le Masque Noir est agile. On le voit reparaître un bref instant, courant entre les tombeaux et les monuments avec des feintes destinées à dérouter ses adversaires. Bientôt, on ne sait plus où le chercher. Les passagers de l'*Aquilon* se sont égaillés en désordre parmi les caveaux afin de lui donner la chasse et ils bondissent sur tout ce qui bouge dans leur entourage.

Cela donne lieu à d'amusantes scènes... C'est ainsi que, distinguant une ombre sur sa gauche, M. Hagg saute sur M. Stone au moment précis où celui-ci s'apprête lui-même à empoigner le Hollandais.

La multiplicité de ces méprises emplit Claude de dépit. Seul Dago aurait pu avoir raison de l'impudent Masque Noir... Hélas ! Les chiens ne sont pas admis dans le cimetière et Dag a dû rester dans le car !

chapitre 10

Astucieuse Claude

La chasse burlesque prend fin avec la disparition définitive du gibier. François retrouve la veste du professeur Lagarde derrière un mausolée de marbre. Bien entendu, les poches du vêtement sont vides : leur précieux contenu a disparu.

— Et pas moyen de savoir qui a fait le coup ! grommelle Claude. N'importe lequel des passagers a pu s'éclipser discrètement pour reparaître sous l'aspect du Masque Noir. Nous ne pouvons pas surveiller tout le monde en même temps !

M. Lagarde n'arrête pas de bougonner contre le voleur. M. Dorsel clame lui aussi

bien fort son indignation. Quand le petit groupe a rallié l'*Aquilon*, les deux savants vont trouver le commandant pour se plaindre très haut.

Claude ne peut s'empêcher de confier à ses camarades avec un sourire :

— Il a fallu qu'on s'attaque au père de Pilou pour que nos chers savants consentent à émerger de leur rêve scientifique. C'est presque drôle, vous ne trouvez pas ?

En fait, les Cinq sont consternés. Car Dago, lui aussi, « fait la tête ». Claude prétend que c'est parce qu'il comprend... En obligeant Dag à rester dans le car, on a ôté au vaillant chien toute chance d'attraper le Masque Noir par son fond de culotte !

L'humeur chagrine des enfants se dissipe dans la soirée. Ils assistent en effet à la séance de prestidigitation que Max Normand donne à des spectateurs très attentifs. Le jeune homme paraît, souriant, mince et bien pris dans un smoking bleu de nuit. Avec une lenteur calculée, il enfile une paire de fins gants blancs et se met à manipuler des cartes et des balles avec une dextérité stupéfiante. Après quoi il présente de nouveaux tours, entre autres un numéro inattendu pour lequel il choisit Dagobert comme partenaire.

Dag, très surpris, voit des colombes s'envoler d'entre ses pattes pour venir se poser sur sa tête. Si cela l'émeut, il n'en montre rien cependant. Max est l'ami de Claude, donc son ami. Or, Max lui a ordonné de ne pas bouger. Dag ne bouge pas.

L'assistance applaudit avec frénésie...

À la fin de la représentation, François, Mick, Claude, Annie et Pilou félicitent Max. Puis ils vont se coucher. Mais Claude, toute la nuit, ne cesse de penser au vol dont M. Lagarde a été victime.

Le lendemain matin, Claude a les traits un peu tirés à la suite de sa nuit blanche. Mais une flamme brille dans ses yeux. Sitôt après le petit déjeuner, elle déclare avec gravité à ses cousins et à Pilou :

— Montons à notre Q. G. ! J'ai à vous parler !

Une fois à l'abri du canot, le chef des Cinq entre dans le vif du sujet.

— Après le vol subi par ton père, Pilou, nous devons agir vite et... à coup sûr !... c'est-à-dire faire arrêter le Masque Noir et l'obliger à rendre gorge.

François dévisage sa cousine d'un air stupéfait.

— Arrêter le Masque Noir ! s'exclame-t-il. Mais nous ne savons même pas qui il est !

— Voilà pourquoi il importe d'aller vite. Nous n'avons plus que deux jours devant nous ! Je suppose que notre problème vous tracasse depuis assez longtemps pour que vous ayez tous une idée sur la question. Eh bien, nous sommes ici pour confronter nos vues !

— Je n'ai aucune idée, moi, confesse Pilou. Au début, il y avait tellement de suspects que nous ne savions lequel choisir. Et maintenant, il n'en reste plus aucun. On dirait une histoire de fou. Je nage complètement.

— Je suis comme Pilou, avoue Annie. Moi non plus, je n'ai aucune idée !

Claude se tourne vers François et Mick.

— Et vous ? demande-t-elle.

Mick se gratte le menton.

— Moi, dit-il, j'ai bien une idée... mais tellement saugrenue.. Je pense à Félix Duval ! Personne ne songe à le soupçonner parce qu'il est commissaire du bord. Mais il a participé à toutes nos sorties et il peut aiguiller Veyrac sur des fausses pistes s'il le désire...

Claude secoue la tête et répond :

— Non. Je crois que tu peux écarter le commissaire. Il navigue sans cesse et ne peut être le Masque Noir qui opère à terre à tout bout de champ... As-tu une idée, toi, François ?

Le grand garçon blond paraît hésiter :

— Oui, réagit-il enfin. Pour expliquer la manière dont le Masque Noir se joue de tout le monde, je ne vois qu'une possibilité : il est « plusieurs à la fois » !

— Comment cela ? s'écrie Mick.

— Eh bien, cette appellation de Masque Noir cacherait en réalité un petit groupe de bandits opérant à tour de rôle.

— Dans ce cas, dit Pilou, ce peut être n'importe lequel des passagers.

— Exactement !

De nouveau, Claude secoue la tête. Elle ne semble pas le moins du monde convaincue.

— À mon avis, dit-elle, de multiples complicités compliquent en général les choses. Les membres du groupement se chamaillent tôt ou tard. L'association finit par se dissoudre. Bien beau encore quand les complices ne se trahissent pas mutuellement. Or, le Masque Noir opère depuis longtemps, et en toute impunité. Je suis certaine qu'il agit seul !

— Toi, dit Mick, tu as une idée en tête... et meilleure que les nôtres, certainement !

Claude sourit, non sans un brin de tristesse :

— Oui, confirme-t-elle tout net. Je crois que le Masque Noir n'est autre que Max Normand !

Un silence stupéfait accueille cette déclaration inattendue. Puis François, Mick, Annie et Pilou se mettent à parler tous ensemble.

— Mais c'est impossible !... Max ! Notre ami !... Le meilleur garçon de la terre !... Un si chic type !... Tu es folle, Claude.

Claude lève la main pour les faire taire.

— Un chic type ? répond-elle. Qui est-ce qui vous le prouve ?... Notre ami ? C'est lui qui le dit...

— Mais il nous a aidés dans notre enquête ! rappelle Mick.

— Dis plutôt qu'il a recueilli nos confidences, qu'il s'est tenu au courant de nos faits et gestes et qu'il a eu, plus que tout autre, la possibilité de déjouer nos plans et de nous berner ! Ah ! Il a dû rire de nous bien souvent !

— Claude ! s'écrie François. Quelles raisons as-tu de soupçonner Max ?

Claude se lève et considère gravement ses cousins et Pilou. Puis, avec un soupir :

— Écoutez... Mille choses ont éveillé mon attention à mon insu. D'abord... ce nom de Max Normand qui a les mêmes initiales que celui de Masque Noir... Ensuite, Max a fait en sorte de devenir notre allié. Aussi, bien qu'il ait participé à toutes les excursions au cours desquelles le Masque Noir s'est manifesté, nous n'avons jamais songé à le ranger au nombre des suspects... Il y a eu aussi d'autres faits... le gant blanc, perdu par le faux steward après le vol des pierres précieuses de M. Haag, était un gant très fin, tout à fait extraordinaire... Eh bien, hier soir, vous avez pu voir vous-mêmes que Max utilisait des gants semblables pour présenter ses numéros...

Les autres écoutent, médusés.

— Autre chose ! poursuit Claude. Lors de la tentative ratée du Masque Noir pour pénétrer dans la cabine du diamantaire hollandais, Dag s'est lancé à la poursuite du voleur, rappelez-vous... Et que s'est-il passé ?...

Claude fait une pause avant de continuer.

— Nous avons vu mon chien revenir en compagnie de Max... Max nous a alors expliqué que, sans penser à mal, il avait appelé Dag au passage et que Dag avait cessé du coup de courir après le Masque Noir !

Eh bien, quelque chose me trouble dans cette déclaration... Jamais Dag, ayant reçu un ordre de moi, ne s'arrêterait à l'appel de quelqu'un, fût-ce un ami... La vérité était autre. J'ai dit à Dag : « Rattrape-le » en lui désignant le fuyard. Et Dag l'a bel et bien rattrapé. Mais le fuyard, c'était Max ! Dag ne l'a pas attaqué, bien sûr, puisqu'il le savait notre ami. Pour lui, cette poursuite n'était qu'un jeu... Il a ensuite suffi à Max d'ôter sa veste et son loup.

— Nom d'un chien ! Tout s'explique ! s'exclame Pilou.

— Attends ! Je n'ai pas fini. Donc, il n'est pas étonnant que nous ayons eu aussi peu de succès dans notre enquête. Max se moquait de nous... Mais le pire tour qu'il nous ait joué, c'est en faisant croire à Annie que Bellac et Merlot étaient les coupables que nous cherchions.

— Comment cela ? demande Annie.

— Après avoir volé sa gourmette à Merlot, il l'avait déposée bien en évidence devant la porte de la cabine, qu'il savait vide. La première personne passant par là ne pouvait manquer de voir le bracelet. Tout naturellement, cette personne devait s'arrêter... C'est toi qui es arrivée, Annie. Je suppose que Max surveillait les lieux par l'entrebâillement de la porte des toilettes. Dès qu'il t'a vue prête à frapper à la porte de Bellac et Merlot, il a projeté sa voix en imitant celle des deux hommes. Je me suis rappelé cette nuit qu'il était non seulement prestidigitateur mais aussi ventriloque. Ce double talent a été un précieux atout pour lui !

— Ah ! On peut dire qu'il nous a bien eus ! conclut Mick furieux. Qu'allons-nous faire à présent ? Comment le confondre ?

— J'ai pensé à cela aussi cette nuit ! dit Claude.

— Claude ! Tu es extraordinaire ! déclare François admiratif.

Sa cousine rougit de plaisir et continue :

— Une idée m'est venue. Voici ce que nous allons faire...

chapitre 11

Où est passé Berlingot ?

Un instant plus tard, les enfants abordent Max le plus amicalement du monde en apparence.

— Alors ? dit Max. Quoi de neuf aujourd'hui ? Ton père n'a toujours pas retrouvé ses papiers, Pilou ? Je suis désolé pour lui, tu sais !

— Oh, ce n'est pas très grave, réplique Pilou.

— C'est vrai, coupe Claude. Nous allons vous confier un secret, Max... Ce que le Masque Noir a volé hier à M. Lagarde n'est pas tellement important. Le père de Pilou est un malin. Ses formules les plus précieuses

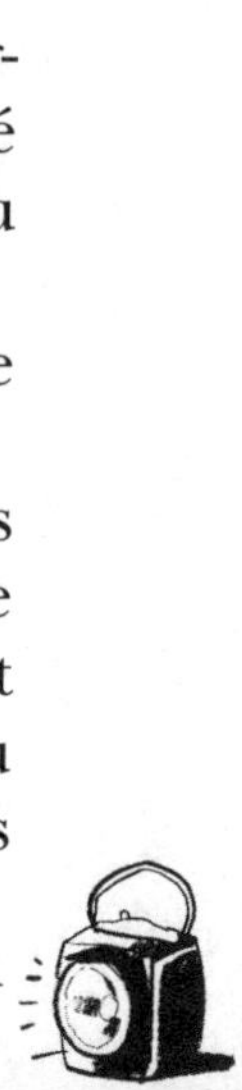

sont tapées sur du papier ultrafin qu'il dissimule dans son coffre-fort secret... Ha, ha, ha !... Et savez-vous quel est ce coffre-fort ? Le talon évidé de sa chaussure gauche !

— Claude ! fait Pilou d'un air réprobateur. Tu n'aurais pas dû le dire ! C'est un secret !

— Bah ! Avec Max, ça n'a pas d'importance ! affirme Claude, désinvolte. Et maintenant, si nous allions à la piscine ?

Les Cinq et Pilou disparaissent, laissant Max tout seul. Un sourire étire les lèvres minces du prestidigitateur.

— Tiens, tiens ! murmure-t-il. Le soulier gauche... Merci du renseignement, jeunes sots !

Ce soir-là, comme tous les soirs, M. Lagarde regagne sa cabine particulière après un long débat avec M. Dorsel. Il se déshabille rapidement, prend une douche et se couche...

Un instant plus tard, il dort profondément.

Il est environ une heure du matin et le professeur dort à poings fermés quand, soudain, une ombre force sa porte et se glisse jusqu'à ses vêtements. Le visiteur, dont un loup noir dissimule le visage, s'empare d'un soulier et bat en retraite sur la pointe des pieds...

Et alors, brusquement, le silence du bateau est rompu. Des cabines voisines jaillissent en même temps les Cinq, Pilou. M. et Mme Dorsel, le commandant, le commissaire et M. Veyrac.

Avant même d'avoir pu comprendre ce qui lui arrive, le Masque Noir – qui a compté recopier le document volé puis remettre celui-ci en place – se trouve ceinturé, appréhendé, réduit à l'impuissance. Son loup noir est arraché...

— Bien joué, Claude ! s'écrie Mick. Tu ne t'étais pas trompée. C'est bien Max Normand ! Il est tombé dans ton piège !

Le voleur dévisage Claude avec des yeux flamboyants.

— Maudite gosse ! s'exclame-t-il. Sans elle...

Lui qui a si longtemps défié le monde doit son échec à une bande d'enfants. Tandis qu'on l'entraîne, les passagers, alertés par le bruit, surgissent et se font expliquer la stupéfiante histoire. Les exclamations se croisent. Chacun tient à féliciter les jeunes détectives.

Mais Claude ne s'estime pas satisfaite. Le lendemain matin, elle apprend que Max a refusé de révéler où est caché son butin et aussi qu'une perquisition générale du bateau n'a rien donné. Alors, elle réunit de nouveau ses camarades :

— À nous de nous débrouiller ! annonce-t-elle. Demain, nous arriverons à Marseille, et les policiers envahiront le paquebot. Il faut retrouver avant eux les bijoux volés et les papiers de M. Lagarde. D'accord ?

— D'accord ! répondent en chœur François, Mick, Annie et Pilou.

Les jeunes détectives ne disposent plus que d'un temps très limité pour retrouver les trésors volés par le Masque Noir. Y parviendront-ils ?

Pour commencer, ils procèdent à un quadrillage serré de toutes les parties de l'*Aquilon* auxquelles Max a pu avoir accès. Héloïse Glaïeul, radoucie et pleine d'espoir, vient leur proposer son concours. Les Herrington, Mlle Ping, M. Stone et Fortuné Barge en font autant. Jean Bellac leur promet une belle récompense s'ils retrouvent son portefeuille.

Bref, chacun fait de son mieux pour les aider et les stimuler... Hélas ! Cette journée-là se passe en recherches vaines.

— Nous n'avons plus que ce soir et demain matin ! soupire finalement Annie. Ensuite, ce sera l'arrivée à Marseille et le retour à Kernach.

— Ne nous décourageons pas, dit Pilou. Cherchons encore !

Lui-même apporte tant d'ardeur à ses recherches qu'il se coince, la tête en bas, dans une manche à air. Deux stewards ont toutes les peines du monde à le tirer de sa fâcheuse position sans trop l'égratigner.

Le soir vient. Les Cinq sont bredouilles.

— Bah ! fait Mick. Nous nous remettrons à la tâche demain. Pour ce soir... savez-vous qu'on tire un feu d'artifice à bord ?

— Chic ! se réjouit Claude. Il me tarde de voir ça !

Oubliant leurs soucis, leurs jeunes limiers ne pensent plus qu'à bien profiter de leur dernière soirée en mer. Annie seule est un peu triste. Son cœur se serre quand elle songe à la fourberie de son « ami Max » à qui elle a si candidement fait confiance.

— C'est la vie, ma petite ! Oublie tout ça ! conseille Mick avec la philosophie qu'il doit à son grand âge. Tu en verras d'autres en vieillissant !

Ce soir-là, l'heure du dîner réunit les passagers autour d'un menu particulièrement

soigné. Depuis l'arrestation du Masque Noir, qui doit être livré dès le lendemain à la police française, l'atmosphère s'est détendue. Héloïse Glaïeul se montre elle-même presque aimable.

— Je bois, dit le commandant en levant son verre en direction des enfants, au triomphe des jeunes détectives que voici ! Grâce à eux, cette croisière si mouvementée s'achève dans la joie.

Le pauvre M. Veyrac, enquêteur malheureux, applaudit comme tout le monde. Mme Dorsel semble heureuse et fière. En revanche, son mari et M. Lagarde ne prêtent attention à rien d'autre qu'à leur propre conversation.

— Et maintenant, le feu d'artifice ! annonce le commissaire Félix Duval. Deux de nos officiers vont le tirer d'une chaloupe suffisamment éloignée de l'*Aquilon* pour que vous puissiez tous profiter du spectacle sans avoir à craindre de désagréables retombées. Je vous invite à passer sur le pont !

Tandis que la barque des artificiers s'éloigne dans la nuit, les passagers s'installent commodément sur des chaises de pont ou s'appuient à la lisse.

— Grimpons à notre Q. G. ! suggère François. De là-haut, nous aurons un coup d'œil merveilleux.

— D'accord ! acquiescent ses camarades en chœur.

Ils n'ont pas longtemps à attendre... Bientôt, une première fusée s'élève gracieusement dans l'air calme de la nuit... Elle s'épanouit en une gerbe de feu et retombe sur la mer en émettant de faibles crépitements.

Berlingot, perché sur l'épaule de Pilou, écarquille les yeux et pousse de petits gémissements inquiets. Il ne semble guère à son aise.

Les enfants, absorbés par le pittoresque spectacle, ne prêtent aucune attention au petit singe... Une nouvelle fusée s'élève dans le ciel. Cette fois, une pétarade suit sa désintégration au milieu d'une gerbe d'étincelles multicolores.

Pour le coup, Berlingot, réellement effrayé, enfouit son petit visage dans le cou de Pilou, qui lui donne une tape rassurante.

— Reste tranquille, Berlingot ! N'aie pas peur !

Le feu d'artifice se poursuit, transformant les flots calmes en un miroir magique. Ciel et mer sont pareillement illuminés par le ballet

féerique des fusées. L'attraction s'achève par un bouquet monstre, souligné par ce qui semble être de véritables coups de canon...

Cette fois, Berlingot, pris de panique, perd la tête. D'un bond, il saute à terre et, piaillant d'effroi, disparaît dans les ténèbres.

— Flûte ! lance Pilou, j'aurais dû l'attacher. Mais il est si gentil d'habitude que je n'y ai pas pensé !

— Rattrapons-le ! conseille Mick. De toute façon, la fête est terminée.

Les Cinq et Pilou s'élancent donc vers l'échelle que Berlingot a sans doute prise pour descendre.

— Je pense qu'il a dû chercher à se réfugier dans notre cabine, dit Pilou à François et à Mick. Nous allons le trouver devant la porte...

Mais le petit singe n'est pas devant la cabine des trois garçons.

Durant l'heure qui suit, les jeunes détectives fouinent de tous côtés et interrogent les gens qu'ils rencontrent. Personne n'a vu Berlingot qui demeure introuvable !

Pilou finit par se décourager.

— Je crains que mon pauvre Berlingot ne soit passé par-dessus bord ! Il était dans un tel état de panique... !

Claude a une inspiration soudaine.

— Comment n'y ai-je pas songé plus tôt ! s'écrie-t-elle. Pilou ! Allons vite chercher le coussin sur lequel Berlingot a coutume de dormir et faisons-le sentir à Dag !

Dagobert flaire longuement le coussin.

— Et maintenant, dit Claude, cherche, mon brave Dag ! Cherche Berlingot !... Vite ! Retrouve-le !

Dag ne se le fait pas répéter. Il file si vite que Claude a tout juste le temps de s'accrocher à son collier.

— Eh, là ! Pas si vite ! Attends-nous, mon vieux !

Dagobert commence par remonter sur le pont. Puis, de là, il gagne le Q. G. des enfants.

— Allons, bon ! grogne Mick. Il nous ramène à notre point de départ. Ça va mal !

— Laisse donc ! Il sait ce qu'il fait ! répond Claude.

Dag s'arrête devant le canot près duquel les enfants se réunissent habituellement. Alors, il se dresse et appuie dessus ses pattes de devant. Après quoi, il plonge son museau sous la bâche et renifle très fort.

— Ouah ! fait-il.

Un petit cri apeuré lui fait écho. Pilou et Claude écartent vivement la bâche et aperçoivent Berlingot, recroquevillé au fond de l'embarcation. Quand Pilou avance la main, le singe disparaît dans le coffre aux vivres qu'il a réussi à ouvrir.

— Coquin ! Veux-tu venir !

En allongeant le bras pour tenter de saisir Berlingot, Pilou renverse une bonbonne d'eau douce. Celle-ci, au lieu de faire « glou glou », fait « ding ding » !

Les enfants se regardent, intrigués.

— Qu'y a-t-il donc là-dedans ? s'écrie Claude.

Ôtant le bouchon, elle renverse le contenu du récipient sur le pont... Des bijoux ruissellent à ses pieds !

— Les pierres de M. Hagg ! Le collier de Mme Herrington ! Le rubis de Pedro Ruiz ! La montre de M. Barge ! Les bagues d'Héloïse Glaïeul ! La broche de Mlle Ping ! Tout est là !

François s'empare alors d'une boîte à biscuits et l'ouvre à son tour : il y trouve les portefeuilles volés à différents passagers et aussi les papiers dérobés au père de Pilou.

— Nom d'un pétard ! lance Mick, plein d'enthousiasme. Dag a trouvé la cachette où le Masque Noir entassait ses trésors !

— Berlingot est de moitié dans la découverte ! précise Claude gentiment.

— Mais c'est toi qui as eu l'idée de lâcher ton chien sur la piste de mon singe ! réplique généreusement Pilou qui tient à rendre hommage au chef du Club des Cinq.

Fous de joie, les jeunes détectives réunissent vivement les objets retrouvés et, en grande pompe, vont les porter au commandant... Yves Perrec ouvre des yeux ronds. Le commissaire et M. Veyrac, qui se trouvent auprès de lui, poussent des exclamations de surprise :

— Mes enfants, dit le commandant émerveillé, vous n'aurez donc jamais fini de m'étonner ! Grâce à vous, j'espère éviter un blâme de ma compagnie. Demain, nous remettrons Max Normand aux autorités... Mais, dès maintenant, nous allons restituer leurs biens aux passagers dépouillés par lui.

L'heure qui suit est extraordinaire. Tout le monde tient à remercier, féliciter, embrasser, récompenser les Cinq et Pilou. Et si Dag échappe à une indigestion de sucre, c'est

uniquement parce qu'il est un chien très raisonnable...

Bien entendu, l'*Aquilon* fait, à Marseille, une arrivée triomphale. La police et la presse, prévenues par radio, sont là, qui attendent...

Quand la passerelle est en place et que les Cinq, suivis de Pilou et de Berlingot, commencent à descendre, les flashs des reporters se mettent à crépiter.

Lorsque tous les passagers sont à terre, Max Normand – alias le Masque Noir – paraît à son tour. Il tient la tête baissée et fait de son mieux pour échapper aux journalistes. C'est que Max ne songe plus à faire le fanfaron...

Ce même jour, avant de prendre le train pour Kernach, M. et Mme Dorsel, M. Lagarde et les enfants sont conviés à un repas offert par les passagers reconnaissants.

C'est une joyeuse réunion. Dans quelques instants, tous se sépareront pour aller dans des directions différentes.

— Mais nous n'oublierons jamais ce que vous avez fait pour nous, mes chers petits, vous et votre admirable chien ! affirme au dessert une voix aux inflexions pleines de douceur.

Claude se mord les lèvres pour ne pas rire. La personne qui vient de parler n'est autre qu'Héloïse Glaïeul !

— Vous voyez, souffle Claude à ses cousins et à Pilou. Il y a quelque chose de plus étonnant encore que les exploits du Masque Noir et les nôtres... C'est la métamorphose de notre « sorcière » en une femme reconnaissante et aimable. On peut dire que cette croisière aura vraiment été pleine d'imprévu !

— Ouah ! approuve Dag.

Et le repas s'achève parmi les rires.

Quel nouveau mystère le Club des Cinq devra-t-il résoudre ?

Pour le savoir, regarde vite la page suivante !

Claude, Dagobert et les autres sont prêts à mener l'enquête

Dans le prochain tome de la série :

Les Cinq et Le Galion d'or

Au cours d'une plongée sous-marine au large de l'île de Kernach, les Cinq découvrent une épave engloutie... et, à son bord, une caisse pleine de lingots d'or ! D'où viennent-ils ? Une seule façon de le savoir : mener l'enquête !

Tourne la page pour découvrir un extrait de cette nouvelle aventure !

chapitre 1

Des Robinsons bien tranquilles

— Mick ! Ouvre vite la porte de la remise ! François ! Détache l'amarre du canot ! Annie ! Regarde une dernière fois les bagages et vois si nous n'avons rien oublié ! Et toi, Dag, cesse de tourner en rond pour chercher ta queue. Elle est toujours à sa place.

— À vos ordres, patron ! répond Mick en esquissant un petit salut militaire.

— Bien, mon capitaine ! lance François en se figeant au garde-à-vous.

— Oui, oui, Claude ! dit Annie en comptant pour la troisième fois les paquets autour d'elle.

— Ouah ! fait Dagobert en cessant de jouer au derviche tourneur.

Claude Dorsel fronce les sourcils, partagée entre l'agacement que lui cause l'empressement moqueur de ses cousins et une vague envie de rire. C'est que, si Claude est facilement irritable, elle a par ailleurs le sens de l'humour.

Pour l'instant, elle est pleinement heureuse. Comme chaque année, les vacances d'été les réunissent, ses trois cousins Gauthier et elle. Avec Dagobert, le chien inséparable de Claude, les quatre enfants se sont baptisés Club des Cinq ! Les Cinq s'intéressent à tous les mystères, toutes les énigmes qui s'offrent à eux. Et les vacances sont une période idéale pour exercer leurs talents de jeunes détectives.

Actuellement, cependant, ils songent à autre chose qu'à mener une enquête. Les quatre cousins entendent profiter de leur liberté toute neuve pour jouer aux Robinsons.

M. et Mme Dorsel, les parents de Claude, habitent au bord de la mer. Leur villa, *Les Mouettes,* est située près du petit village de Kernach. Le jardin descend jusqu'à la plage même. C'est là que, dans la remise à bateaux, est rangé le *Saute-Mouton*, le canot de Claude.

— La porte est ouverte, mon capitaine ! annonce Mick avec un air de gravité comique.

— Tout est paré, patron ! ajoute François qui a dénoué l'amarre en un clin d'œil.

— Je crois que notre matériel est au complet ! achève Annie en fourrant dans sa poche la liste qu'elle vient de consulter.

Claude se met à rire.

— Je dois vous paraître ridicule ! s'écrie-t-elle. Mais tant pis ! Nous allons camper dans mon île et je suis si contente que j'ai l'impression d'être un véritable chef d'expédition.

Avec ses cheveux bruns coupés court, ses jambes bronzées et nerveuses qui émergent de son short bleu, elle ressemble plus à un garçon qu'à une fille.

Mick, qui a onze ans comme sa cousine, lui ressemble beaucoup : mêmes yeux noirs et vifs, même tignasse brune, même vivacité dans les gestes et dans la voix.

François – l'aîné de la bande avec ses douze ans – et Annie (la benjamine, dix ans) sont plus calmes de nature... Blonds, avec des yeux bleus, le frère et la sœur tempèrent un peu le caractère pétulant des deux autres.

Dagobert, qui tient bien sa place au sein du Club des Cinq, n'est pas un chien ordinaire. Sa race... hum... mieux vaut ne pas en parler ! Mais quelle intelligence ! Quel flair ! Avec ça, il adore Claude et la suit comme son ombre. Sa petite maîtresse sait pouvoir compter sur sa bravoure, son dévouement et sa fidélité.

— Allez ! Poussons tous ensemble ! À nous la mer !

Si Claude était le commandant d'un bateau pirate prêt à se lancer à l'abordage, elle ne manifesterait pas plus d'enthousiasme.

— Minute ! proteste François. Donne-nous au moins le temps d'embarquer notre matériel de camping !

Claude rougit. C'est elle, le chef du petit groupe mais, souvent, tête en l'air, elle a besoin d'être rappelée à la réalité par François...

Riant, pataugeant, faisant semblant de se chamailler, les quatre cousins poussent le canot à l'eau. Bientôt, tout le monde étant monté à bord, Claude et Mick prennent les avirons et rament en direction de l'île de Kernach.

Cette île, aussi surprenant que cela puisse paraître, appartient à Claude. Ce sont ses parents qui la lui ont donnée en toute propriété. Évidemment, ce n'est qu'un pan de terre, mais les enfants le considèrent comme une sorte de paradis.

L'île de Claude est à la fois pittoresque, romantique et mystérieuse. Elle possède tout ce que l'on peut rêver de mieux : une petite crique bien protégée des vents, une plage de sable fin, des rochers, une source d'eau pure, de l'herbe, de grands arbres et aussi – chose rare – un vieux château en ruine dont les murs encore debout dominent altièrement l'océan.

Tandis que Claude rame, elle se dit qu'elle a bien de la chance de posséder une île pareille. Là-bas, on peut se croire réellement coupé du monde.

— Eh ! Claude ! Tu rêves ! jette Mick brusquement. Tu dévies, ma fille ! Fais attention !

Claude foudroie son cousin du regard. Si elle a une chose en horreur, c'est bien d'être traitée de « fille ». Elle aurait tant souhaité être un garçon ! Contrairement à Annie, elle déteste coudre, faire la cuisine et s'occuper du ménage. En revanche, elle adore les jeux turbulents, et sa hardiesse effraie parfois Mick lui-même.

— Oh ! Ça va ! bougonne-t-elle tout en donnant un coup d'aviron pour redresser l'embarcation.

Encore quelques efforts et le canot pénètre dans la petite anse abritée de l'île. Avec des cris de joie, François, Mick et Claude sautent dans l'eau peu profonde et tirent le bateau jusqu'à un anneau de fer scellé dans le roc.

Annie descend posément. Dagobert s'ébroue déjà sur le sable en poussant des « Ouah ! Ouah ! » enthousiastes.

— Dépêchons-nous de monter notre matériel là-haut, conseille François. Ensuite, j'irai mouiller le canot un peu plus loin. Le temps paraît au beau fixe, mais sait-on jamais ! Mieux vaut ne pas laisser le *Saute-Mouton* trop près des rochers !

Le temps est véritablement splendide. Dans le ciel d'un bleu très pur, le soleil brille déjà, éclatant, en dépit de l'heure matinale.

— Allez, hop !... Tu as les tentes, François ? Mick ! Prends les piquets ! Je me charge des matelas pneumatiques... Si la batterie de cuisine est trop lourde pour toi, Annie, laisse-la ! Nous reviendrons la chercher !

— Il nous faudra redescendre de toute façon pour prendre le réchaud et les provisions, fait remarquer François. Inutile de t'agiter, Claude ! Il n'y a pas le feu !

Le sentier qui mène de la crique au plateau herbeux dominant la mer est raide et plutôt malaisé. Mais les enfants ont de bonnes jambes et le pied sûr. Quant à Dagobert, avec ses quatre pattes, il va plus vite que n'importe qui. Il est vrai, comme le fait remarquer Annie, qu'il n'a rien à porter, lui !

Claude ne peut s'empêcher de bavarder comme une pie et de s'agiter comme un diablotin. Elle adore venir camper dans son île. Là, au moins, elle peut crier et chanter à sa guise, sans craindre de troubler les savants calculs de son père, assez sévère sur le chapitre de la discipline.

— Oui, conclut-elle tout haut, cette île est vraiment un refuge idéal où personne ne viendra nous déranger !

Une fois arrivés sur le terre-plein, face au vieux château, les enfants jettent leur matériel sur l'herbe et se mettent à monter les deux grandes tentes : une pour les filles, l'autre pour les garçons. Une troisième, plus petite et carrée, est dressée à proximité : elle abritera le réchaud et le garde-manger où l'on rangera les provisions, à l'abri des insectes voraces.

Une fois les abris de toile solidement fixés au sol, François descend à la crique pour mouiller le *Saute-Mouton* assez loin des rochers. Claude et Mick vont chercher de l'eau à la source. Annie se charge de préparer le repas de midi. Tandis qu'elle surveille ses casseroles en experte petite cuisinière, les trois autres, pour se délasser, font « le tour du propriétaire », comme dit fièrement Claude.

Rien ne paraît avoir changé depuis l'année précédente. Quelques branches cassées attestent que le vent a soufflé fort durant l'hiver, mais les murs du château n'ont pas perdu une seule pierre.

— Et maintenant, vite, à table ! s'écrie Mick comme les trois cousins reviennent vers le campement. J'ai l'estomac dans les talons !

— Ouah ! fait Dag en remuant la queue d'un air approbateur.

— Moi aussi, j'ai une faim de loup ! avoue François.

Mais Claude s'attarde à contempler l'horizon. Elle adore la mer qui, pour elle, est synonyme d'aventure.

— Cette année, murmure-t-elle pour elle-même, nous aurions une énigme « maritime » à tirer au clair que cela ne m'étonnerait pas.

— Tu prends tes désirs pour des réalités ! dit Mick, railleur. Tu souhaiterais qu'un mystère bien juteux te soit apporté par les flots ! Ah ! C'est beau, l'imagination !

Mais Claude ne songe pas à relever la taquinerie. Le regard perdu dans le vague, elle poursuit :

— Moque-toi de moi si tu veux, Mick, mais j'ai le pressentiment qu'un mystère se trouve là, devant nous, presque à nos pieds.

Puis, changeant de ton, elle soupire :

— Mais tu dois avoir raison, mon vieux ! Je me fais certainement des idées !

Pendant cinq jours entiers, les pseudo-Robinsons campent joyeusement sur l'île de Kernach. Le temps se maintient au beau. Claude, ses cousins et Dagobert mènent la vie la plus agréable du monde. Ils n'ont pas un seul souci !

Dès leur réveil, ils « petit-déjeunent » gaiement, puis vont à la pêche aux coquillages. Ils se baignent, nagent, courent, jouent au ballon dans l'eau. Les repas sont prétexte à d'interminables bavardages. Les enfants, durant l'après-midi, canotent, se prélassent au soleil et se baignent encore. Dans la soirée, on allume un feu de camp. Mick et Claude jouent de l'harmonica. Annie chante de sa voix claire. François a toujours une histoire à raconter. Parfois, il accompagne Annie sur sa guitare.

Pour agrémenter le programme quotidien, il y a d'innombrables parties de cache-cache ou de cartes, des jeux sportifs, des concours d'adresse. Et puis, bien sûr, quand les provisions diminuent, les Cinq embarquent à bord du *Saute-Mouton* et vont se ravitailler aux *Mouettes*. Les jours de marché à Kernach, ils se rendent au village soit par la route avec leurs vélos, soit par mer, à bord du canot.

Tous aiment beaucoup flâner à travers les étals pittoresques des maraîchers et les petites boutiques en plein vent. Le temps s'écoule donc fort agréablement pour les Cinq.

Et puis, le sixième jour...

— Hum ! fait François ce matin-là en sortant de la tente des garçons. Hum ! Avez-vous vu le ciel ? On dirait que le temps se gâte !

Claude, qui revient en courant de se débarbouiller à la source, l'approuve bruyamment.

— Tout à fait de ton avis ! lance-t-elle. Il y a de gros nuages noirs à l'ouest. Et le levant est rouge comme une crevette trop cuite !

— « Soleil rouge le matin, terreur du marin ! » récite Mick.

— Tout juste ! dit Claude. Le vent se lève. Je ne serais pas étonnée si une bonne tempête éclatait d'ici ce soir.

Annie soupire.

— Une tempête n'est jamais bonne ! proteste-t-elle. Nous devons plier bagage et retourner à la villa, Claude ! Tante Cécile et oncle Henri nous ont fait promettre de rentrer s'il faisait mauvais.

Mais Claude n'a aucune envie de quitter son île. Elle hausse les épaules avec désinvolture.

— Bah ! s'écrie-t-elle. Mes parents ont dit ça pour la forme. Pour l'instant, d'ailleurs, il fait encore beau et le soleil brille. Attendons la pluie et le froid pour battre en retraite. Il n'y a pas si loin d'ici à la côte. Pas vrai, Dagobert ? ajoute-t-elle en se tournant vers son chien.

— Ouah ! répond celui-ci en frétillant de la queue.

En réalité, Claude aime mieux être bloquée sur l'île par la tempête que cloîtrée aux *Mouettes* avec obligation de jouer à des jeux tranquilles afin de ne pas troubler les travaux de son père. M. Dorsel est un savant connu. Claude l'aime et l'admire... mais elle trouve parfois pénible d'être la fille d'un tel homme.

— Claude a raison ! conclut Mick avec insouciance. Profitons de notre bon temps ! Qui veut participer à un concours de nage sous-marine ?... À celui qui remontera le plus beau coquillage !

Claude applaudit à la proposition. François se laisse tenter. Annie est bien obligée de suivre...

Et c'est ainsi que tout commence...

chapitre 2

Les éléments se déchaînent

Si les enfants avaient décidé de regagner la terre ce jour-là, ils se seraient privés de la merveilleuse aventure qui va leur arriver sur l'aile de la tempête...

Tard dans la matinée, quand les Cinq mettent enfin un terme à leurs exploits nautiques, ils constatent que le soleil achève de disparaître derrière de gros nuages noirs. Presque aussitôt, ces nuages crèvent et une pluie diluvienne s'abat sur l'île et ses occupants.

Claude, François, Mick, Annie et Dagobert rallient à toutes jambes – et à toutes pattes – le campement.

— Vite ! ordonne Claude. Démontons les tentes et emportons tout à l'intérieur du château. Là, au moins, nous serons à l'abri !

— C'est ma faute ! grommelle François en tirant sur un piquet. J'aurais dû insister pour que nous rentrions. Maintenant, il est trop tard.

— Ça, mon vieux, c'est bien vrai ! dit Mick en montrant la côte. Regarde ! On ne voit même plus la terre.

La pluie redouble encore de violence. Le vent gronde, menaçant d'emporter la tente garde-manger. Annie s'empresse de fourrer les provisions dans un sac. Les trois autres s'évertuent à plier les toiles mouillées qui leur battent les jambes...

— Encore heureux que nous soyons en maillot de bain ! soupire François. J'ai l'impression d'être sous la douche. Quel temps de chien ! Pas vrai, Dag ?

Dagobert, qui déteste la pluie, avait déjà cherché refuge à l'intérieur du château. Il aboie de tout son cœur pour inviter Claude à se dépêcher. Enfin, les Cinq au complet se retrouvent à l'abri des épaisses murailles.

— Ouf ! exhale Mick. Ce vent est glacé. Je suis frigorifié. Si nous allumions du feu ?

— Riche idée ! approuve Claude. Heureusement que nous avons une provision de bois sec ici !

Les enfants se sèchent avec soin, sortent des lainages de leurs sacs de marins et, réchauffés par le feu et un solide repas, n'ont bientôt rien d'autre à faire qu'à admirer les effets de la tempête.

C'est une des plus fortes qu'ils aient jamais eu l'occasion de voir. Debout sur le seuil d'une porte voûtée dominant le côté le plus abrupt de l'île, ils contemplent avec intérêt les éléments déchaînés. Le tonnerre roule dans un ciel noir. L'océan, lui aussi, est sombre et menaçant. Des vagues géantes se ruent à l'assaut de la falaise, comme pour engloutir l'île, le château et les cinq créatures vivantes figées au-dessus du gouffre écumant.

— C'est... c'est effrayant ! bégaie Annie, pas très rassurée. Cette eau qui bouillonne... ces éclairs...

— Ferme les yeux si tu as peur ! coupe Claude, assez rudement. Tu sais très bien qu'ici tu ne cours aucun danger.

— Pas question de nous aventurer en mer ! ajoute François. Nous risquerions de faire naufrage. J'ai eu du flair de mouiller le

Saute-Mouton loin des rochers. J'espère que la chaîne de l'ancre tiendra bon !

— Oui, assure Claude. Et j'ai pensé à bâcher mon canot ce matin ! Nous le retrouverons certainement intact.

— En attendant, tante Cécile et oncle Henri vont s'inquiéter ! fait timidement remarquer Annie.

— Bah ! dit Claude. Ils penseront bien que nous sommes restés à l'abri. Ne te tracasse donc pas !

Cependant, d'instant en instant, la tempête devient plus terrifiante...

Le soir venu, elle fait encore rage. Même au cœur de la nuit, les enfants peuvent entendre le vent mugir avec violence et l'océan gronder comme un fauve en colère. Allongés sur une toile disposée à même le sol, bien au chaud dans leurs sacs de couchage, ils se félicitent d'être protégés par des murs épais et un toit qui – grâce à la vigilance de M. Dorsel – reste parfaitement étanche.

Tout à coup, un bruit effroyable les fait sursauter. À un nouvel assaut de la mer contre la falaise succède maintenant un fracas tel qu'on dirait le château lui-même en train de s'écrouler. Claude, François, Mick et Annie bondissent sur leurs pieds. Dagobert aboie pour protester... Au-dehors, le vacarme continue, mais décomposé en une série d'étranges sons en cascade.

— Qu'est-ce qui se passe ? murmure Annie, toute pâle, en se rapprochant de son grand frère, comme pour lui demander protection contre un danger inconnu. On dirait que le château s'effondre.

— Mais non, voyons ! réplique François. Tu vois bien que tout est solide autour de nous.

— C'est dehors ! déclare Claude en se précipitant vers la porte voûtée dominant la falaise.

Mick suit sa cousine. Vaillamment, tous deux sortent sous la pluie et écarquillent les yeux pour tâcher de voir. Ils comprennent très vite qu'un pan de la falaise, minée à sa base, vient de s'écrouler dans la mer. Au même instant, le sol remue sous leurs pas et ils manquent de tomber.

— Un tremblement de terre ! s'écrie Claude. Pour couronner le tout !

Il y a une nouvelle secousse, plus faible que la précédente, puis le sol se stabilise.

— Encore heureux que ton père ait fait étayer les ruines du château ! dit Mick à Claude. Tes pierres sont finalement plus résistantes que les rochers de la falaise. Oh, là, là ! Regarde un peu ces vagues ! Quel spectacle !

Le spectacle, en effet, est à la fois grandiose et terrifiant. Les vagues se succèdent, monstrueuses. Soudain, un raz de marée en miniature donne un coup de bélier à la falaise. L'eau rejaillit à une hauteur incroyable. Et puis, presque aussitôt, tout rentre dans l'ordre. Les flots s'apaisent.

Le vent tombe. C'est la fin de la tempête.

Malgré tout, une fois recouchés, les quatre enfants et même Dago ont bien du mal à trouver le sommeil. Ils s'endorment enfin, presque à l'aube, au moment même où le calme revient pour de bon.

Fin de l'extrait

Pour connaître la date de parution de ce tome, inscris-toi vite à la newsletter du site :
www.bibliotheque-rose.com

Retrouve toutes les aventures du Club des Cinq en Bibliothèque Rose !

1. Le Club des Cinq
et le trésor de l'île

2. Le Club des Cinq
et le passage secret

3. Le Club des Cinq
contre-attaque

4. Le Club des Cinq
en vacances

5. Le Club des Cinq
en péril

6. Le Club des Cinq
et le cirque de l'Étoile

7. Le Club des Cinq
en randonnée

8. Le Club des Cin
pris au piège

9. Le Club des Cinq
aux sports d'hiver

10. Le Club des Cinq
va camper

11. Le Club des Cinq
au bord de la mer

12. Le Club des Cinq
et le château de Ma

13. *Le Club des Cinq joue et gagne*

14. *La locomotive du Club des Cinq*

15. *Enlèvement au Club des Cinq*

16. *Le Club des Cinq et la maison hantée*

17. *Le Club des Cinq et les papillons*

18. *Le Club des Cinq et le coffre aux merveilles*

19. *La boussole du Club des Cinq*

20. *Le Club des Cinq et le secret du vieux puits*

21. *Le Club des Cinq en embuscade*

22. *Les Cinq sont les plus forts*

23. *Les Cinq au cap des Tempêtes*

24. *Les Cinq mènent l'enquête*

25. *Les Cinq à la télévision*

26. *Les Cinq et les pirates du ciel*

Table

« Pour l'éditeur, le principe est d'utiliser des papiers composés de fibres naturelles, renouvelables, recyclables et fabriquées à partir de bois issus de forêts qui adoptent un système d'aménagement durable. En outre, l'éditeur attend de ses fournisseurs de papier qu'ils s'inscrivent dans une démarche de certification environnementale reconnue. »

Composition MCP – Groupe JOUVE – 45770 Saran
N° 753338K

Imprimé en Roumanie par G. Canale & C. S.A.
Dépôt légal : avril 2012
Achevé d'imprimer : avril 2012
20.20.2910.6/01 – ISBN 978-2-01-202910-1

Loi n° 49-956 du 16 juillet 1949
sur les publications destinées à la jeunesse.

Table

« Pour l'éditeur, le principe est d'utiliser des papiers composés de fibres naturelles, renouvelables, recyclables et fabriquées à partir de bois issus de forêts qui adoptent un système d'aménagement durable. En outre, l'éditeur attend de ses fournisseurs de papier qu'ils s'inscrivent dans une démarche de certification environnementale reconnue. »

Composition MCP – Groupe JOUVE – 45770 Saran
N° 753338K

Imprimé en Roumanie par G. Canale & C. S.A.
Dépôt légal : avril 2012
Achevé d'imprimer : avril 2012
20.20.2910.6/01 – ISBN 978-2-01-202910-1

Loi n° 49-956 du 16 juillet 1949
sur les publications destinées à la jeunesse.